지하인이 산다

지하인이 산다

발행일	2022년 08월 09일			

지은이   문소정
펴낸이   손형국
펴낸곳   (주)북랩
편집인   선일영   편집   정두철, 배진용, 김현아, 박준, 장하영
디자인   이현수, 김민하, 김영주, 안유경, 최성경   제작   박기성, 황동현, 구성우, 권태련
마케팅   김회란, 박진관
출판등록   2004. 12. 1(제2012-000051호)
주소   서울특별시 금천구 가산디지털 1로 168, 우림라이온스밸리 B동 B113~114호, C동 B101호
홈페이지   www.book.co.kr
전화번호   (02)2026-5777   팩스   (02)2026-5747

ISBN   979-11-6836-440-0 03810 (종이책)   979-11-6836-441-7 05810 (전자책)

(주)북랩 성공출판의 파트너

북랩 홈페이지와 패밀리 사이트에서 다양한 출판 솔루션을 만나 보세요!

홈페이지 book.co.kr   •   **블로그** blog.naver.com/essaybook   •   **출판문의** book@book.co.kr

작가 연락처 문의 ▸ ask.book.co.kr

작가 연락처는 개인정보이므로 북랩에서 알려드릴 수 없습니다.

문소정 소설집

지하인이 산다

북랩

CONTENTS

여섯 번째 가족여행 **;**

2018 토지문학제 평사리 청소년문학상 대상 수상작

;

　우리는 게이트 앞 의자에 앉아 형을 기다렸다. 약속 시간은 훨씬 지나있었다. 나는 조금 따분해져서 주위를 두리번거렸다.

　"조금 늦네. 차가 많이 막히나."

　아빠는 시계를 쳐다보며 혼잣말처럼 말했다.

　"괜찮아요. 아직 시간 많이 남았잖아요. 먼저 이거 받으세요."

　나는 가방 속에서 비행기 티켓을 꺼내 엄마와 아빠에게 나눠주었다.

　"형준이는 엄마 옆자리네."

　엄마는 입꼬리를 올리며 말했다. 나는 어떻게 반응해야 할지 몰라 어색하게 웃었다. 여섯 번째지만 아직도 이런 상황은 적응이 되지 않았다. 게이트 문이 열린다는 방송이 나왔다. 엄마는 아랫입술을

지하인이 산다

꽉 깨물며 아빠를 쳐다봤다. 그때 멀리서 한 남자가 헐레벌떡 뛰어오고 있었다. 형이 분명했다. 형은 내 어깨를 짚고 숨을 몰아쉬었다. 힐끗 보니 이마에 땀이 송골송골 맺혀있었다.

"차 많이 막혔지? 우리도 오는데 엄청 고생했어. 그래도 약속 시간은 지켜야지."

엄마는 형에게 부채질을 해주며 말했다. 아빠가 기지개를 켜며 자리에서 일어났다.

"이제 다 왔으니까 슬슬 출발해볼까?"

우리는 각자 캐리어를 끌고 비행기를 타러 갔다. 게이트 앞에는 이미 많은 사람들이 대기하고 있었다. 우리는 맨 끝에 섰다. 한참을 기다려도 줄은 줄어들 생각을 하지 않았다. 그때 누군가가 내 어깨를 툭툭 두드렸다.

"형준이 맞네. 멀리서 보고 긴가민가했는데."

같은 반 친구 석진이였다.

"어? 여긴 웬일이야?"

나는 눈을 동그랗게 뜨고 석진이를 보며 말했다.

"제주도 가거든. 너도 가족여행 가는구나?"

"아, 응."

나는 옆에 있던 가족들을 힐끔 쳐디보며 아무렇지 않은 척 내답했다.

"앗! 안녕하세요. 최석진이라고 합니다."

석진이는 엄마와 아빠를 향해 고개를 꾸벅 숙이며 인사했다. 엄마와 아빠는 반갑다고 말했다. 너무 자연스러웠다. 하긴 이런 상황이 익숙하겠지. 옆에 서있던 형도 알은체를 하며 밝게 웃어주었다.

"형 유학 갔다고 들었는데. 언제 들어오셨어요?"

순간 등에서 식은땀이 나는 것만 같았다.

"방학이라서 일주일 전에 들어왔어. 형준이가 말 안 했구나."

형은 잠시 멈칫했지만 금방 석진이의 물음에 답할 수 있었다. 다행이었다.

"아, 그렇구나. 유학생활은 어때요? 할 만해요?"

석진이는 집요하게 물어봤다. 정말이지 자리를 뜨고 싶었다.

"응. 좋아. 그런데 거기는 날씨가 너무 더워서."

형은 이마로 흘러내리는 땀을 닦아내며 말했다. 형의 말이 끝나자 석진이는 고개를 갸웃거렸다. 뭔가가 이상하다고 느낀 걸까.

"날씨가 덥다고요? 거기는 우리랑 반대라서 춥지 않나?"

석진이의 말에 우리는 아무런 대답도 할 수 없었다.

"빨리 들어가자. 뒤에 사람들 기다리잖아."

나는 정적을 깨고 형의 팔을 끌어당겼다.

"형준이랑 밀린 이야기는 다음에 해야겠다. 우리가 비행기를 타야해서. 아쉽지만 다음에 또 보자."

엄마는 석진이의 어깨를 두드리며 말했다.

"가서 만날 수도 있겠네. 재미있게 놀아."

지하인이 산다

석진이는 손을 흔들며 인사를 했다. 만날 수도 있다니. 그 말이 계속해서 머릿속을 맴돌았다. 제주도에서 마주치지 말아야 하는데. 조금이라도 빨리 가족들에게 적응해야겠다는 생각이 들었다.

제주도에 도착하자마자 우리는 회색 SUV를 빌려 호텔로 갔다. 아빠는 체크인하는 곳으로 가 카드키를 3개 받아 왔다. 나는 402호, 엄마는 403호, 형과 아빠는 401호였다. 엄마와 아빠가 다른 방을 쓰는 것은 당연한 일이고 나는 늘 혼자가 편했으니까. 아빠는 방문 앞에 서서 말했다.

"각자 짐 풀고 로비에서 만나자."

호텔 문을 열고 들어가는 순간 넓고 아늑한 공간이 펼쳐졌다. 예상대로 호텔은 만족스러웠다. 부모님은 내가 어렸을 때부터 나에게 항상 좋은 것만 해주었다. 바쁘다는 핑계로 챙겨주지 못하는 것이 미안했던 것일까. 가장 비싼 음식, 가장 유명한 과외 선생님, 가장 유행하는 옷…. 내가 진짜 원하는 것은 한번도 해준 적이 없었지만. 나는 주머니에서 휴대폰을 꺼냈다. 연락한 사람은 아무도 없었다. 예상은 했지만 왠지 쓸쓸했다.

아빠는 호텔 앞에 미리 차를 세워놓고 우리를 기다리고 있었다. 차에 올라타자 차가운 에어컨 바람 때문에 팔에 오소소 소름이 돋았다. 나는 인상을 찌푸리며 말했다.

"추워요."

아빠는 얼른 에어컨 바람을 줄이며 말했다.

"아이쿠. 미안하다. 시원하게 해준다고 에어컨을 세게 틀었더니."

차는 도로 위를 한참 동안 달렸다. 배에서 꼬르륵 소리가 자꾸 났다. 슬슬 짜증이 나기 시작했다. 그로부터 한참이나 더 지나 우리는 허름해 보이는 식당 앞에 멈춰 섰다.

"형준아, 여기가 텔레비전에도 나왔던 곳이래. 아빠가 여기 일주일 전부터 예약한 거야. 특히 갈치조림이 맛있대."

아빠는 자랑스러운 목소리로 말했다.

"저, 갈치 못 먹는데요. 어렸을 때 목에 가시 걸린 이후로 갈치 안 먹은 거 모르세요?"

나는 아빠의 얼굴을 쳐다보며 삐딱한 목소리로 말했다. 분위기는 한순간에 차가워졌다.

"그럼 지금이라도 다른 곳 갈까? 식당이야 뭐 아무 데나 가면 되니까."

엄마는 내 눈치를 보며 가방을 챙겼다.

"됐어요. 그냥 먹어볼게요."

나는 앞장서서 식당 안으로 들어갔다. 아니나 다를까 식당의 내부는 허름한 겉모습과 다를 것이 없었다. 내가 자리를 잡고 앉자 아빠는 내 눈치를 보며 음식을 주문했다. 손님이 많아서 그런지 한참을 기다리고 나서야 음식이 나왔다. 테이블 위 갈치는 눈치 없을 정도로 컸다.

　　　　　　　　　　　지하인이 산다

"여기에 된장찌개도 있는 것 같던데."

형은 조심스럽게 입을 열었다.

"저기요, 여기 된장찌개 하나 주세요."

엄마는 형의 말이 끝나자마자 기다렸다는 듯이 주문을 했다. 된장찌개가 나올 때까지 아무도 식사를 시작하지 않았다.

"그냥 먼저 먹어도 되는데."

나는 조금은 미안한 목소리로 말했다.

"에이, 가족끼리 같이 먹어야 더 맛있지."

그 말은 익숙하지 않았다. 나는 항상 식탁에 혼자 앉아 밥을 먹었다. 이런 행동도 다 계획 안에 포함되어있는 일일까. 그래도 나를 기다려준다는 말이 싫지는 않았다.

우리는 밥을 다 먹고 계획에 따라 다음 장소로 이동했다.

"배도 든든해졌겠다. 이젠 신나게 놀아볼까? 형준이 너, 배영 잘하지? 해수욕장 가서 형준이 수영 실력 좀 봐야겠는걸. 왕년에 이 아빠도 수영 좀 했는데 말이야."

아빠는 백미러를 통해 자꾸만 나를 쳐다보며 말했다. 아까의 실수를 만회하려는 것 같았다. 배도 부르고 아빠의 그런 모습이 조금 귀엽기도 해서 나는 피식 웃음이 나왔다.

"뒤에 앉은 신사분들도 안전벨트 했죠? 안전벨트를 해야 사고가 나도 크게 다치지 않아. 뉴스에서 항상 안전벨트 하라고 하잖아. 그게 다 이유가 있는 거야."

엄마의 잔소리에 형은 고개를 절레절레 저으며 나를 쳐다보았다. 나는 슬쩍 형의 시선을 피했다. 아직까지는 형과 조금 어색했다. 나는 헛기침을 하며 주머니 속에서 휴대폰을 꺼냈다. 역시 시간 보내기로는 게임이 최고였다.

"너도 이 게임 하는구나."

어느새 형은 내 쪽으로 몸을 기울이고 있었다.

"아, 시작한 지 오래된 건 아닌데. 재미있어서."

나는 게임에서 눈을 떼지 않은 채 말했다. 형이 말 건 시기는 하필 제일 깨기 힘든 판이었다. 나는 미간을 찌푸리고 게임에 집중했다.

"내가 깨줄까?"

형은 한참을 보더니 답답했는지 말을 했다.

"형도 이 게임 할 줄 알아?"

나는 형을 쳐다보며 말했다. 형은 대답 대신 휴대폰을 가져갔다. 손을 빠르게 움직이며 적절한 시기에 아이템을 썼다. 몇 번의 움직임으로 적을 제압한 후 뿌듯하게 휴대폰을 내려놓았다.

"보았느냐, 제자야. 이 스승의 실력을."

형은 한껏 어깨를 추켜올리며 말했다. 왠지 멋있어 보였다.

"도대체 어떻게 한 거야?"

나는 목소리 톤을 높이며 말했다.

"형준아, 애 알지. 이 캐릭터가 사기야. 애랑은 마주치지 않는 게 좋아."

나도 모르게 형의 말에 집중을 하기 시작했다. 그런 것들은 어떻게 알았는지 신기할 따름이었다.

"하여튼 두 아들이 게임만 좋아하고."

엄마는 뒤돌아 우리를 번갈아 보며 조금은 흐뭇해 보이는 얼굴로 말했다.

탁 트인 해수욕장은 두 눈에 다 들어오지 않을 정도로 끝이 없었다. 형은 바다를 향해 만세를 외치며 뛰어갔다. 엄마는 팔짱을 낀 채 그런 형의 뒷모습을 오래 보았다.

"준아, 빨리 형한테 가봐. 너희들 노는 거 엄마가 찍어줄게."

엄마는 내 등을 떠밀며 말했다. 형은 옷도 갈아입지 않은 채 그대로 물속으로 뛰어들었다. 물은 햇빛에 반짝거리고 있었다.

"진짜 시원해. 형준아, 너도 얼른 들어와."

나는 물 앞에서 머뭇거렸다. 그때 갑자기 형이 장난기 가득한 표정으로 나에게 물을 끼얹었다.

"오늘 아니면 언제 우리끼리 물놀이를 해보겠어."

형의 말에 아빠는 내 뒤에서 등을 떠밀었다. 나는 못이기는 척 물속으로 들어갔다. 물이 몸에 닿는 순간 엉켰던 생각은 씻겨나듯 사라졌다.

"엄마도 들어와요. 같이 물놀이하고 놀아요."

형은 물 밖에 서있는 엄마를 보며 소리쳤다. 엄마는 잠시 머뭇거렸지만 아빠를 따라 이내 물속으로 들어왔다. 우리는 팀을 나눠 공놀이를 하기 시작했다. 처음에는 웃으며 시작했지만 시간이 지날수록 점점 승부욕이 생겼다. 공놀이는 엄마와 나의 승리로 끝났다. 우리는 지치지도 않고 미역조각을 찾거나 가장 예쁜 조개껍질을 주우며 시간을 보냈다. 지친 우리는 모래 위에 드러누웠다. 파란 도화지 같은 하늘에는 다양한 모양의 구름들이 여기저기 흩어져있었다. 반짝이는 모래처럼 모든 것이 예쁘게 빛나는 것만 같았다. 왠지 포근해 기분이 나른해졌다. 이런 편안한 기분은 오랜만이었다. 나도 모르게 눈이 감겼다.

"형준이, 팔 왜 이렇게 탔어. 선크림을 가져온다는 게 깜빡했다."

엄마는 내 팔을 만지며 말했다. 아빠도 걱정스러운 눈으로 나를 쳐다보며 말했다.

"더 타기 전에 다들 일어나자. 실컷 놀았으니까 이제 실컷 배 채워야지."

해변을 따라 조개구이집이 쭉 늘어서있었다. 호객하는 사람들이 우리의 팔을 잡아끌었다. 몇 번의 흥정 끝에 우리는 한 가게에 들어갔다. 가게 밖에 있는 커다란 수조 안에 갖가지 해산물들이 가득했다. 우리는 조개구이와 칼국수를 시켰다.

"준아, 많이 먹어. 알겠지?"

엄마는 내 앞에 전복을 주며 말했다.

"엄마도 많이 먹어요. 아빠도 그만 굽고 먹어요."

나는 아빠의 접시에 조개를 담았다.

"어머, 준이 살이 다 탔네. 안 따가워?"

엄마가 빨개진 내 팔을 문지르며 말했다. 노느라 살이 타는 건 신경 쓰이지 않았던 것 같다.

"나한테도 신경 좀 써주지? 나도 탔어요. 나도."

아빠는 팔짱을 끼며 엄마를 노려봤다. 나는 피식 웃음이 났다.

"에이, 준아. 우리는 빠져주자."

형은 나에게 어깨동무를 하며 말했다. 몇 시간 전만 해도 이야기를 나누는 것조차 불편했던 사이인데 이제는 어깨동무하는 것도 어색하지 않았다.

우리는 많은 대화를 나누었다. 대부분은 나와 관련된 이야기였다. 가족들은 나에 대해 많은 것을 궁금해했다. 친구들과의 관계는 어떤지, 학교는 다닐 만한지 등 일상적인 질문들이었다. 한참을 대화하다 보니 왠지 마음이 울적해졌다.

"이런 대화 많이 불편하니?"

아빠는 내 표정을 살피더니 조심스럽게 말했다.

"아니요. 괜찮아요. 그냥 이런 질문들을 받은 적도 처음이고, 세 이야기를 해본 적도 처음이라서."

나는 고개를 살짝 숙이고 말했다.

"준아, 우리는 늘 네 편인 거 알지?"

엄마는 다정한 목소리로 말했다. 준이라니. 그런 애칭으로 불린 것은 처음이었다.

"힘든 거 있으면 뭐든 말해도 괜찮아. 가족이잖아."

툭 던진 형의 말이 왠지 모르게 가슴에 박힌 것 같은 기분이 들었다. 듣고 싶었던 말이었는데 나도 모르게 두 눈에서 눈물이 흘렀다. 형은 조용히 내 손에 휴지를 쥐어주었고 엄마와 아빠도 내가 다 울 때까지 나를 기다려주었다.

"많이 힘들었구나. 울고 싶었지? 더 울어도 돼. 괜찮아."

엄마는 내 등을 쓰다듬어주었다. 사실 별것 아닌 말인데, 그런 별것 아닌 말들이 내 가슴 속에 푹 박히는 기분이었다.

흠 잡을 것 하나 없는, 그야말로 완벽한 하루였다. 한참 침대에 누워 하루를 곱씹고 있던 중 문을 두드리는 소리가 들렸다.

"누구세요?"

나는 문 가까이 다가가며 물었다.

"누구긴. 형이지. 문 열어봐. 이대로 자기는 아쉽잖아."

나는 냉큼 문을 열었다. 형의 손에는 게임기가 들려있었다.

"아직 안 졸리지? 이거 너랑 하려고 무거운데 들고 온 거야. 지는 사람이 소원 들어주기."

형은 내 방으로 들어오며 말했다.

지하인이 산다

"형, 게임 엄청 좋아하나 보네."

나는 게임기를 받아들며 말했다.

"좋아하기만 하는 줄 알아?"

형은 거만한 표정으로 말했다. 하지만 그 표정은 오래가지 않았다.

"형, 잘한다면서. 너무 못하는 거 아니야?"

나는 신나는 목소리로 말했다.

"요즘 게임을 안 했더니."

형은 허세를 부리며 손을 풀기 시작했다. 우리의 대결은 엄마가 들어오고 나서야 끝났다.

"피곤할 텐데 아직도 게임하고 있었어? 눈 나빠져. 얼른 자야지. 그래야 내일도 신나게 놀지. 빨리 다들 해산. 지금 시간이 몇 시야."

"알겠어요, 엄마. 하여튼 우리 엄마 잔소리는 세계 1등이라니까."

형은 엄마의 어깨를 두르고 나에게 윙크를 하며 말했다. 엄마는 피식 웃었다.

"준아, 얼른 자. 내일을 위해 체력 충전해야지. 내일 일찍 일어나."

엄마와 형은 인사를 하고 방을 나갔다. 시끌벅적했던 방에 적막함이 다시 찾아왔다. 침대에 누워 머리끝까지 이불을 뒤집어썼다. 막 잠에 들려는 순간이었다. 휴대폰이 울렸다. 엄마의 문자였다. 잘 도착했냐는 형식적인 안부 문자. 나는 '네'라고 짧은 답장을 보냈다. 그대로 휴대폰을 베개 밑으로 밀어 넣었다. 잠이 밀려왔다.

아침에 눈을 뜨자 왠지 모르게 머리가 지끈거렸다. 열이 조금 있는 것 같기도 했다. 어제 너무 무리를 하며 놀았나. 옷을 대충 입고 로비로 나갔다. 아빠는 카메라를 들고 나를 기다리고 있었다.

"올레길에서 사진 많이 찍어야지. 숙제도 해야 하니까. 중요하잖아, 그치?"

아빠의 말이 끝나자 엄마는 아빠에게 눈치를 줬다. 나는 못 본 척하기 위해 고개를 돌렸다.

"준아, 어디 아파? 표정이 안 좋네."

형은 내 옆으로 와 걱정스러운 목소리로 말했다.

"아, 머리가 조금 지끈거리는 것 같아서. 그런데 괜찮아."

"에이, 그래도 혹시 모르잖아. 머리에서 열도 조금 나네. 더 안 좋아지면 바로 말해."

엄마는 내 이마에 손을 짚으며 말했다. 나는 고개를 끄덕였다.

"그래. 우리 여행의 주인공은 준인데. 주인공이 아프면 어떡해. 그래도 괜찮다니 다행이네."

아빠 또한 나를 걱정했다. 가족 모두가 나를 걱정해주는 건 이런 기분이구나. 마음이 간질거렸다.

올레길은 생각보다 너무 예뻤다. 초록 잔디는 마치 우리에게 길 안내를 하듯 끝없이 펼쳐져있었다. 사람이 별로 없어서 그런지 더 좋았다. 맑은 하늘, 선선하게 부는 바람까지 모두 꿈에서만 그리던 공간이었다. 길을 걸을수록 마음이 편안해졌다. 끝을 알지 못하고 시작하는 건 나름 재미있는 일이었다.

"사진 너무 잘 나왔네."

아빠는 카메라 속 사진들을 보며 말했다. 아마 배경을 보고 한 말인 것 같았다. 사진 속 가족들의 얼굴은 절묘하게 가려져있으니까. 어차피 학교에서도 가족여행 보고서에 꼭 가족 얼굴이 나온 사진을 첨부해야 한다는 말은 없었다.

한참을 걷다 보니 목이 말랐다.

"아이스크림 가게다."

형은 손가락으로 가게를 가리키며 외쳤다. 가족들이 모두 나를 쳐다봤다.

"저도 아이스크림 먹고 싶어요."

나의 말이 끝나자 형은 소리를 치며 아이스크림 가게로 달려갔다. 우리 가족은 각자 아이스크림을 하나씩 쥐고 걸었다.

"형준아, 앞으로 먹고 싶은 거 있으면 뭐든 말해."

엄마는 아이스크림을 한 입 베어 물고 말했다. 아빠도 거들었다.

"그럼. 우리 돈은 다 형준이 네 돈이나 마찬가지야. 넉넉히 챙겨주셔서."

아빠의 말이 끝나자 엄마가 아빠의 옆구리를 찔렀다. 사실 틀린 말도 아닌데 뭐. 나는 살짝 웃음을 보였다. 이이스크림을 먹고 나니 머리가 더 어지러운 것 같았다. 갑자기 차가운 것을 먹어서 그런가. 하지만 이 여행을 망치고 싶지 않았다. 내가 아프다고 하면 우리의 계획은 모두 어그러지니까. 참아야 한다. 나는 눈에 더 힘을 주고 발을 한 걸음씩 내딛었다.

"아파? 너 식은땀 나잖아."

형은 내 얼굴을 보며 말했다. 형의 말에 엄마와 아빠는 동시에 나를 쳐다봤다.

"안 되겠다. 호텔로 가자."

아빠는 발걸음을 돌렸다. 나는 정말로 괜찮은데. 결국 우리 가족은 차를 타고 호텔로 돌아왔다.

"형준아, 방에 들어가 누워있어. 더 심해지면 안 되니까."

형은 내 등을 밀며 말했다. 나는 고개를 끄덕이고 방으로 올라갔다. 침대에 누우니 통증이 더 심해졌다. 나는 눈을 감았다. 아무런 소리도 들리지 않았다. 문득 석진이 생각이 났다. 석진이도 제주도에 있겠지. 석진이는 행복할까. 가족들이랑 있을 텐데. 어쩌면 나보다 더 행복할지도 모른다. 가족들이랑 여행하면 어떤 기분일까. 조금은 부러운 마음이 들었다. 나는 이불을 머리끝까지 뒤집어썼다. 더 이상 아무런 생각도 하고 싶지 않았다. 여행은 내일이면 끝이 나니까. 막 잠에 빠지려는 순간이었다. 초인종 소리가 났다.

"형준아, 우리야."

익숙한 목소리가 들렸다. 나는 침대에서 벌떡 일어나 문을 열었다.

"몸은 좀 어때? 아직도 많이 아픈 거야? 얼른 누워."

지하인이 산다

엄마는 약봉지를 식탁에 내려놓으며 말했다. 아빠는 죽을 들고, 형은 과자를 들고 걱정스러운 얼굴로 나를 쳐다보고 있었다.

"얼른 나아서 형이랑 과자 먹고 놀아야지."

형이 이렇게 말하며 나를 침대에 눕혔다.

"조금이라도 먹어. 밥을 먹어야 약을 먹지."

아빠는 죽을 내 앞에 내려놓으며 말했다. 나는 조금씩 죽을 먹기 시작했다. 따뜻했다. 죽을 먹는 내내 엄마는 내 옆에 앉아있었다. 죽을 다 먹자 엄마는 약을 주었다. 약은 썼다. 하지만 쓴맛 안에 달콤함이 조금은 섞여있었다. 처음 느껴보는 맛이었다.

"아빠가 미안하다. 일정을 너무 소화하려고만 했어."

아빠는 내 손을 잡으며 말했다.

"아니에요. 아빠는 최선을 다했잖아요."

아빠는 쑥스러운 표정으로 내 머리를 쓰다듬었다.

"약 먹었으니까 한숨 푹 자."

엄마의 말이 끝나자마자 마법처럼 잠이 오는 것 같았다. 나는 그대로 잠이 들었다.

얼마나 잤을까. 눈을 떴을 때에는 어둑한 밤이었다. 주위를 둘러보니 엄마는 내 침대에 엎드린 채로, 아빠와 형은 소파에 기댄 채로 잠들어있었다. 다들 내 옆에서 나를 걱정하다가 잠이 든 것이다. 나는 가만히 가족들의 얼굴을 찬찬히 보기 시작했다. 며칠 전까지만 해도 나는 관심이 불편하기만 했다. 집에서는 늘 혼자 있으니까. 어쩌면 이번 가족들은 조금 다르지 않을까. 이 여행이 끝나고 계속 우리는 가족일 수 있지 않을까. 나도 모르게 기대가 되기 시작했다. 나는 조심스럽게 침대에서 일어났다. 가족들이 깰까 조심스럽게 움직였지만 나의 인기척에 다들 눈을 떴다.

"형준아, 이제 괜찮아?"

형은 눈을 비비다 말고 나를 보며 말했다. 나는 싱긋 웃으며 고개를 끄덕였다. 정말이었다. 한숨 자고 일어나니 몸은 너무 가벼워져있었다. 아팠다고 말하기 부끄러울 만큼.

"다행이다. 약발이 들었나 봐. 엄마가 걱정 많이 했어."

엄마의 말에 아빠도 고개를 끄덕거렸다.

"그래도 내일 비행기 타니까 더 쉬어. 또 무리하면 더 안 좋아져."

아빠는 소파에서 일어나 기지개를 켜며 말했다.

"우리는 나가자. 형준이 불편하겠다."

가족들이 모두 나갔다. 또다시 혼자가 되었다. 가족여행이 끝난다고 생각하니 서운했다. 가족여행은 매년 했었지만 이번에는 유난히 더 좋았다. 나는 눈을 감았다. 눈을 감고 있으면 내 옆에 가족들이 있는 것 같은 기분이 들기 때문이었다.

마지막 날. 우리는 11시까지 로비 앞에서 만나기로 했다. 짐을 모두 챙기니 호텔은 다시 깨끗해졌다. 처음에 들어왔을 때처럼. 나도

지하인이 산다

우리 가족들도 모두 제자리로 돌아가겠지. 항상 겪는 일이지만 왠지 서글펐다. 나는 짐을 챙겨 밖으로 나왔다. 아직 가족들이 나오지 않은 모양이었다. 나는 로비에 있는 소파에 앉았다. 가족들을 기다리는 동안 많은 사람들이 오고갔다. 체크인을 하는 사람들도 있고 사진을 찍는 사람들도 있고 밥을 먹으러 가는 사람들도 있었다. 역시 대부분은 가족인 듯싶었다. 표정들은 하나같이 밝았다. 우리 가족들도 남들 눈에는 화목하고 사이좋은 가족으로 보이겠지. 한참을 기다리니 아빠와 형이 나왔다. 엄마는 아직인 것 같았다.

"형준이 빠른데? 엄마는 아직 안 나왔네."

아빠는 주변을 두리번거리며 말했다. 형은 내 옆에 앉았다.

"형준아, 어제 먹고 싶은 거 꾹 참았다."

형은 과자봉지를 뜯어 내게 내밀었다. 나는 과자를 집어 입에 넣었다. 달콤했다. 계속 손이 갔다. 과자가 바닥을 보일 때쯤 엄마의 모습이 보였다.

"미안. 많이 기다렸지. 씻고 준비하느라 좀 늦었네."

엄마는 급하게 뛰어오며 말했다.

"뛰지 마세요. 그러다가 넘어져요."

나는 엄마의 캐리어를 잡으며 말했다.

"역시 우리 아들이 최고네."

엄마는 내 어깨를 두드렸다. 엄마의 진짜 아들이 된 것만 같았다. 호텔에서 체크아웃을 마치고 우리는 차를 탔다. 아빠는 아무런 말도 하지 않았다. 우리가 해야 할 계획은 끝났기 때문이다.

"아쉽다. 시간 너무 빠른 것 같아."

형은 내 무릎에 손을 얹으며 말했다. 형의 말에 무슨 대답을 해야 할지 망설여졌다. 나도 아쉽다고 말하고 싶었다. 하지만 입은 떨어지지 않았다. 공항에 도착하자마자 우리는 짐을 부쳤다. 여전히 공항에는 사람들이 많았다. 우리처럼 여행을 끝내고 가는 사람들, 새롭게 여행을 시작하는 사람들.

"이제 우리도 줄 서자. 우리 비행기 게이트 열었다고 방송 나왔어."

형은 화장실에서 걸어 나오며 말했다. 형의 말에 우리는 자리에서 일어났다. 이제는 정말 끝이 다가오고 있었다. 비행기에 올라탔다.

"마지막으로 사진 한 번 찍을까?"

아빠는 내 휴대폰을 가리키며 말했다. 아빠의 말에 우리는 다 같이 카메라를 쳐다봤다. 화면에 비친 우리 가족의 모습은 너무 단란했다. 정말 가족이라고 해도 믿을 것처럼. 비행기가 뜨고 나는 창밖을 바라봤다. 올 때와의 느낌과는 사뭇 달랐다. 그렇게 오기 싫던 여행이 지금은 아쉬울 따름이었다.

"드디어 도착했네."

엄마는 창밖을 보며 말했다. 비행기가 착륙하는 내내 나는 계속해서 엄마의 말을 곱씹었다. 이 여행은 나만 즐거웠던 것일까.

우리는 비행기에서 내려서 짐을 찾았다. 아빠는 내 짐을 대신 들어주었다.

"제가 들게요. 괜찮아요."

나는 아빠 옆에 가서 말했다.

"에이, 아빠가 아들 짐 들어주는 거 마지막인데 해줘야지."

아빠는 밝게 웃으며 말했다. 나는 더 이상 말리지 않았다. 우리는 모두 함께 처음 만났던 자리로 갔다. 아빠는 손목시계를 보더니 가방에서 무언가를 꺼냈다.

"가족대행 시간 만료되셨습니다. 만족도 조사입니다. 체크해주세요."

아빠는 종이와 볼펜을 두 손으로 내밀며 나에게 공손하게 말했다. 늘 있는 일이었지만 적응되지 않았다. 나는 종이와 펜을 받으며 아빠를 쳐다봤다. 아빠는 나를 보는 것이 아니라 설문지를 쳐다보고 있었다. 설문지의 질문은 다음과 같았다. 가족대행이 마음에 들었는지, 마음에 안 들었다면 어느 부분인지 등. 나는 천천히 만족도 조사에 체크를 하기 시작했다. 1번 질문, 가족대행 서비스에 만족했습니까? 네. 2번 질문, 불편한 점이 있거나 보완되었으면 하는 점이 있습니까? 나는 고개를 들어 엄마와 형을 쳐다봤다. 엄마와 형 역시 내 펜 끝만 쳐다보고 있었다. 아니요. 3번 질문, 가족대행의 목적은 달성하셨습니까? 네. 마지막 질문은 다음과 같았다. 다음에 또 가족대행을 이용하실 생각이 있나요? 네. 나는 종이를 이삐에게 내밀었다. 아니, 아빠였던 사람에게.

"감사합니다, 고객님. 여행 내내 찍은 사진은 고객님 정보에 적혀

있는 이메일로 보내드리겠습니다."

아빠는 두 손으로 공손하게 종이를 받아들며 말했다.

"그리고 이건 남은 돈입니다. 사모님이 챙겨주신 게 남아서요."

엄마 역시 공손하게 흰 봉투를 내밀었다. 나는 어색하게 고개를 꾸벅이며 받아 들었다. 형은 그저 옆에서 우리의 모습을 지켜보고 있었다.

"그럼 저희는 이만 가보겠습니다. 다음에 또 이용해주세요."

아빠는 나에게 명함을 내밀고 인사를 했다. 내가 고개를 숙이고 나서야 엄마와 아빠 그리고 형은 뒤돌아 갔다. 나는 자리에 앉아서 뒷모습을 끝까지 쳐다봤다. 뒤를 돌아보는 사람은 아무도 없었다.

율리 **;**

;

　율리가 들어온다. 우리는 율리를 본다. 허리를 꽉 조이는 치마를 입은 율리, 블라우스 단추를 목 끝까지 채운 율리, 입꼬리 옆에 볼우물이 있는 율리, 높은 하이힐 위에 아슬아슬하게 서있는 율리를.
　그리고, 오늘 우리는 율리와 안녕할 것이다.

　율리를 처음 만난 것은 한 달 전의 일이었다. 그날 아침, 교실 문이 열리고 교장선생님과 처음 보는 여자가 들어왔다. 여자는 20대 후반 정도로 보였는데 웃는 모습이 싱그러워 보였다.
　"담임선생님이 자리를 비우는 동안 여러분의 담임을 맡아줄 이민정 선생님입니다. 자, 선생님. 소개해주세요."
　교장선생님은 옆에 서있던 율리를 보며 말했다.

　　　　　　　　　　　　　　　　　　　　지하인이 산다

"안녕하세요. 짧은 시간이지만 열심히 하겠습니다. 앞으로 잘 지내요."

우리 반 아이들은 어리둥절해있었다. 전에 있던 담임선생님은 젊지도, 예쁘지도 않았다. 게다가 우리를 보며 웃어준 적도 없었다. 선생님은 늘 우리에게 책상 줄을 바르게 맞춰 앉으라고 했고 쪽지시험에서 틀린 개수대로 회초리를 내려쳤다. 그런데 갑자기 율리 같은 사람이 우리 반의 담임이 된 것이다.

교장선생님이 나가자 율리는 한결 편해진 표정으로 교탁에 섰다.

"음, 무슨 말부터 해야 할까? 혹시 궁금한 점 있나요?"

율리가 조심스럽게 물어왔다. 반 아이들은 살짝 서로의 눈치를 보는 것 같았다.

"괜찮으니까 아무거나 물어봐도 돼요."

율리는 우리에게 웃으면서 말했다. 그제야 아이들은 하나둘 질문을 쏟아붓기 시작했다. 대부분은 남자친구 유무나 출신 대학, 다이어트 비결 등 쓸데없는 질문이었다. 선생님은 살짝 당황한 표정이었다. 질문을 너무 많이 받아서 곤란한 건지, 답해주기가 곤란한 건지 알 수는 없었다. 아무튼 질문을 통해 우리는 율리에 대한 몇 가지 사실들을 알 수 있었다. 율리는 28살이고 몇 년 사귄 남자친구가 있다고 했다. 어렸을 때부터 선생님이 되고 싶었고, 담임을 맡은 것은 이번이 처음이라고 했다. 별것 아닌 사실들이었지만 우리의 질문에 성실하게 대답해주는 모습에 신선함을 느꼈다. 우리는 그녀를 율리라고 부르기로 했다. 그녀가 맡은 과목인 윤리를 소리 나는 대로 부른 것이다. 율리도 그 별명이 마음에 드는 것 같았다.

율리가 우리 반 담임으로 왔다는 소문은 빠르게 퍼졌다. 그래서 그런지 쉬는 시간마다 다른 반 아이들이 율리를 보러 왔다. 부러움의 대상이 된다는 사실은 생각보다 기분이 좋은 일이었다. 나도 율리가 우리 반 담임선생님이라는 사실이 좋았다. 율리는 성적으로 우리를 차별하지 않고 동등하게 대했으며 지각비를 걷지도 않았다. 결정적으로 우리가 잘못한 것이 있으면 무조건 화를 내지 않고 좋은 말로 타일렀다. 이런 율리를 싫어하는 아이들은 있을 수 없었다. 게다가 율리는 항상 완벽하게 수업준비를 해 왔다. 가끔 선생님들의 심부름으로 교무실에 가서 율리를 보면 늘 수업자료를 만들고 있었다. 율리는 다른 선생님들과는 달리 토론 수업이나 모둠 수업 등 다양한 방식으로 수업을 했다. 수업 종이 치고도 교실에 남아 수업 중 어려웠던 부분을 더 자세히 설명해주기도 하고 성적 고민으로 걱정이 많은 아이들과 상담을 하기도 했다. 율리의 노력 때문인지 우리 반에 수업을 들어오는 다른 선생님들은 반 분위기가 좋아졌다고 칭찬을 했다. 그런 소리를 들을 때 괜히 기분이 좋았다.

솜사탕을 입에 넣자마자 사라지는 것처럼 율리와의 달콤함도 생각만큼 오래가지 않았다. 완벽했던 율리와 우리들의 사이는 이 주가

지하인이 산다

채 지나지 않아 한순간에 틀어지고 말았다. 민아의 지갑이 없어진 날의 일이다. 율리는 소지품 검사를 한다고 했다. 반 아이들은 짜증을 내며 책상 위에 가방을 올려놓았다.

"애들아, 너희를 의심하는 것은 아니지만 그래도 확인은 해야 하니까 형식적으로 하는 거야. 선생님이 최대한 빨리 검사할게."

율리는 차분한 목소리로 우리를 달래듯 말했다. 소지품 검사는 1분단부터 시작되었다. 나는 중간 자리여서 한참 기다려야 했다. 소지품 검사를 하는 동안 반은 어느 때보다 조용했다. 들리는 소리라고는 율리의 구두 굽 소리뿐이었다. 또각또각 소리를 내며 그 소리는 점점 내 쪽으로 가까이 왔다. 아이들은 아무렇지 않은 척했지만 율리를 응시하고 있었다. 나도 괜히 긴장이 되었다. 딱히 위험한 것을 가지고 있는 것도 아니었는데 말이다. 율리가 3분단 검사를 끝내고 4분단으로 넘어갈 때까지도 지갑은 나오지 않았다. 시간이 지날수록 지루해지기 시작했다. 이쯤이면 우리 반에는 지갑이 없다고 봐야 하는데. 그때였다. 형식이 가방 앞주머니에 손을 넣은 율리의 당황한 모습이 보였다. 아이들은 모두 율리 손을 주목하고 있었다. 율리는 천천히 손을 뺐다. 율리의 손에는 지갑이 아닌 다른 것이 쥐어져 있었다. 바로 담배였다. 순간 우리 반 아이들은 술렁이기 시작했다. 그리고는 형식이를 한 번 쳐다봤다. 형식이의 표정은 무덤덤했다. 형식이는 원래 담임선생님도 포기한 아이다. 잠만 자는 형식이를 굳이 건드리는 사람은 아무도 없었다. 형식이가 담배를 피운다는 사실을 모두 알고 있다. 하지만 누구도 그 사실을 말하지 않는다. 말해봤자 좋은 것은 하나도 없기 때문이다. 율리는 담배를 한 번 보고 형식이를 한 번 보았다.

"주세요."

먼저 말을 꺼낸 것은 형식이었다.

"형식아, 이거 정말 네 거니?"

율리는 믿을 수 없다는 표정으로 물었다. 고등학생이 담배를 피울 수도 있다는 사실에 율리는 충격을 받은 것 같았다. 사실 그렇게 큰 일도 아닌데.

"네."

형식이는 당당하게 대답했다. 그 상황에서 아니라고 하는 것이 더 웃긴 일이다. 형식이의 대답에 율리는 살짝 당황한 것 같았다. 율리는 한참을 가만히 있다가 다시 형식이에게 말했다.

"이거… 학생은 이런 거 하면 안 돼. 특히 형식이 너, 고등학교 2학년이잖아. 벌써부터 이런 거 하면 안 되는 거야."

"알아요."

형식이는 율리의 말을 듣는 둥 마는 둥 귀찮다는 듯이 말했다.

"형식아, 담배는 건강에도 안 좋아. 그건 너도 잘 알고 있는 사실이잖아, 그렇지? 그래서 학교에서도 통제를 하는 거야. 한번에 끊으라는 거 아니니까, 응? 천천히 끊도록 노력해봐. 알겠지? 다음부터는 조심하구."

지하인이 산다

선생님은 형식이에게 담배를 다시 돌려주었다. 형식이는 조금 놀란 듯했다. 놀란 것은 형식이뿐만이 아니었다. 아무리 기간제 선생님이어도 그렇지, 혼내지도, 담배를 뺏지도, 선도부에 보내거나 봉사활동을 시키지도 않은 채 학생에게 담배를 다시 돌려주다니. 받아들이기 힘든 광경이었다. 형식이가 진심으로 그 말을 들을 것이라고 생각하는 것이었을까? 아니면 골치가 아파 빨리 끝내려고 그러는 걸까? 진실은 율리 스스로가 더 잘 알고 있을 것이었다. 형식이는 율리에게서 받은 담배를 다시 가방에 넣었다. 율리는 무슨 일이 있었냐는 듯이 다시 소지품 검사를 하기 시작했다. 하지만 지갑은 끝내 나오지 않았다.

소지품 검사 이후부터 우리 반 아이들은 조금씩 바뀐 것 같았다. 한마디로 말해서 율리를 만만하게 보기 시작한 것이다. 나도 딱히 율리의 행동이 이해되지 않았기 때문에 율리를 무시하는 일에 동참했다. 우리 반 아이들은 무서울 것이 없었다. 담배도 쉽게 웃으면서 넘어갔는데 다른 것들을 봐주지 않는다는 것은 웃긴 일이니까. 설령 뭐라고 한다 해도 이제 우리 반 아이들은 꼼짝도 안 할 것 같았다.
처음에는 그저 몇 명이 수업 시간에 자고 딴짓을 했다. 하지만 율리는 몇 번 주의만 줄 뿐 별 신경을 쓰지 않았다. 아이들은 쓸데없는 질문을 하기도 하고 숙제를 내준 적이 없다고 거짓말을 하기도 했다. 점점 수업은 엉망진창이 되었다. 한번은 시계의 시간을 20분이나 앞당긴 적도 있었다. 율리는 아무것도 모른 채 수업을 평소보다 일찍 끝냈고, 그런 율리를 보며 아이들은 키득키득 비웃었다. 나중에 그 사실을 알게 된 율리는 만우절도 아닌데 왜 이런 장난을 치냐고 웃었지만 그 웃음은 전처럼 밝아 보이지만은 않았다.

율리를 대하는 우리 반 아이들의 태도는 시간이 지날수록 점점 더 달라졌다.

"수업 시작하자. 자고 있는 애들 좀 일어나볼까? 짝꿍이 깨워보자."

율리는 교탁에 있는 교과서를 펴면서 말했다. 하지만 역시 율리의 말을 듣는 아이들은 없었다. 그리고 일어나있는 친구들도 몇 없었다. 나도 딱히 선생님의 말을 듣고 싶지 않았다. 율리는 천천히 교실을 둘러보았다. 반 아이들은 율리가 그곳에 존재하지 않는 것처럼 굴었다. 율리는 한숨을 내쉬었다.

"숙제 내준 거 있었지? 그거 꺼내볼까?"

율리는 힘없이 말했다. 윤리는 수학이나 영어처럼 주요 과목도 아니다. 공부할 시간도 없는데 숙제를 내주는 율리가 이해되지 않았다. 당연히 숙제를 해 온 아이들은 몇 없었다. 율리는 고민하다가 이렇게 말했다.

"다들 깜박 잊어버린 거지? 다음에는 꼭 해오자."

이런 상황에서도 화를 내지 않는 것을 보면 착한 것이 아니라 멍청한 것에 가깝다고 보아야 했다. 율리가 다양한 방법으로 수업을 진행하는 것도 자신의 부족한 강의력을 감추기 위한 것처럼 보였다.

"애들아, 오늘 프린트 9쪽 펴볼까?"

율리의 말에 책상에 엎드려있던 아이들이 일어났다. 그리고는 앞에 서있는 율리를 한 번 쳐다보고는 다시 떠들기 시작했다. 그 모습을 다 보면서도 율리는 수업을 꿋꿋하게 진행했다. 율리는 마치 호두까기 인형 같았다. 아무리 단단한 것을 던져 넣어도 아무렇지 않은 인형. 수업은 평소보다 더 길게 느껴졌다. 수업 종이 치자 율리는 서둘러 수업을 마무리하려 했다. 그때였다.

"아, 쌤 언제 끝나요?"

"쉬는 시간인데요."

뒤에서 아이들이 소리치기 시작했다. 선생님은 하던 말을 멈추고 책을 덮었다.

"오늘 배운 거 까먹지 말고 복습하자."

율리는 이렇게 말하고 교실에서 나갔다. 아이들은 하나둘씩 뭉쳐 불평했다.

"맨날 프린트 수업만 해. 지겹다."

"기분 나쁜 거 얼굴에 다 드러나던데?"

"율리 한번도 영화 보여준 적 없잖아. 수업 시간 내내 수업만 하고 우리한테 말이나 걸고, 귀찮아 죽겠어."

나는 아이들이 율리를 험담하는 것을 듣고 있었다. 아이들이 하는 말은 모두 틀린 것은 아니었다. 하나하나 따져보면 율리의 단점은 생각보다 많았다. 아이들을 이해하는 척하기 위해서 상담이니 뭐니 하지만 율리는 우리들의 마음을 조금도 이해하지 못한다. 젊은 척, 친한 척하는 율리에게 맞춰주는 것이 귀찮을 정도다. 율리는 '윤리'가 인생에서 정말 중요한 것이라고 생각하는 것 같았다. 그리고 협동심을 길러야 한다며 모둠 수업도 많이 했다. 율리는 그런 걸 우리가 좋아할 거라고 생각한 걸까? 가끔 다른 반 선생님들은 율리가 열정적이라며 칭찬을 아끼지 않았다. 하긴 다른 선생님들 입장에서는 율리가 성실해 보일 수는 있다. 아이들은 한순간이라도 율리를 좋아했었다는 사실을 인정하고 싶지 않았다.

율리의 수업은 갈수록 지루하고 엉성하게만 느껴졌다. 아이들이 아무리 수업 시간에 자고 말썽을 부려도 화를 잘 내지 않았으니 수업 분위기도 엉망이었다. 율리는 담임선생님이라는 자리가 어울리지 않았다. 학생이 잘못한 것이 있으면 따끔하게 혼내고 올바른 길로 갈 수 있게 도와주는 것이 담임이 할 일이다. 하지만 율리는 그 일을 못 한다. 아이들에게 무시당하는 것은 당연한 일이다. 게다가 율리는 쓸데없이 긍정적이고 밝았다. 진심은 언젠가 전해지는 거라는 등 동화 속에나 나올 법한 이야기를 하며 혼자만의 착각에 빠져 있었다. 게다가 그 정신을 우리 반 아이들에게 전파시키려는 것인지 아침 조례를 마칠 때마다 이렇게 말했다.

"오늘도 힘내자."

지하인이 산다

우리들 입장에서는 그 말이 전혀 와닿지 않았다. 힘내라는 말은 이미 수도 없이 들었기 때문이다. 율리는 고등학생들보다도 세상 물정을 더 모르는 것 같았다. 항상 진심을 다해 설득한다고 모두가 알아주는 것은 아니다. 따뜻한 미소, 친절한 말투로는 부족했다. 수능을 1년 앞둔 우리 반 아이들에게 필요한 선생님은 어쩌면 전에 있던 담임선생님 같은 사람인지도 몰랐다. 그렇다. 우리에게는 그런 선생님이 필요했다. 입에 쓰지만 건강에 좋은.

나는 율리가 가식적이라고 생각했다. 그 가면을 벗기고 싶다는 생각이 들었다. 아이들도 나와 같은 생각을 하는 것 같았다. 모두가 율리의 화내는 모습을 보고 싶어 했다. 하지만 무슨 방법을 써도 소용이 없었다. 그러자 율리를 내쫓자는 의견이 나왔다. 율리는 담임 자격이 없고, 고등학교 2학년 반을 맡기에는 실력이 부족하고, 정식 교사도 아닌 기간제 교사가 중요한 시기의 학생들의 담임이 된다는 것은 말도 안 된다는 이야기까지 나왔다. 그때부터 우리 반 아이들은 율리를 어떻게 내쫓을 것인지 의견을 내기 시작했다. 우리들은 몹시 조급했다. 시간이 지날수록 율리는 터지지 않고 더 단단해지는 것 같았다. 우리는 결국 최후의 방법을 쓰기로 했다. 방법이 극단적이기는 해도 효과는 금방 나타날 것 같았다.

그날 우리 반 아이들은 모두 야간자율학습을 신청했다. 율리는 처음으로 우리 반 모두가 야간자율학습을 신청했다고 좋아했다. 하지만 딱히 좋아할 일은 아니었다. 공부하려고 남은 것은 아니니까. 그저 대자보를 만들기 위해서 다들 남은 것이었다. 원래 야간자율학습을 하던 나와 몇몇 아이들은 1분단에서 공부를 하고 나머지 반 아이들은 3분단에서 대자보를 만들었다. 대자보를 만드는 아이들의 표정은 사뭇 진지했다. 대자보에 적힌 글들은 대부분 율리를 조롱하는 글이었다.

- 율리를 칭찬합니다 -

2학년 1반 담임선생님, 율리를 아시나요?
율리는 우리 학교에서 가장 훌륭한 선생님입니다.
우리는 다음과 같은 이유로 율리를 칭찬합니다.

첫째, 항상 많은 프린트물로 학교 폐휴지함을 가득 채워주시는 선생님!
둘째, 학생들의 학업 스트레스를 높여주기 위해 쉬는 시간까지 수업을 멈추지 않는, 열정으로 가득한 선생님!
셋째, 수업 시간에도 하이힐을 신고 다니며 자기관리에 철저한 선생님!
넷째, …

지하인이 산다

아이들은 서로 율리를 험담하는 글들을 쓰며 만족해했다. 킥킥거리며 웃는 모습이 마치 게임이라도 하는 것처럼 신이 나 보였다. 우리 반 아이들은 정말 공부를 잘하고 싶어서 율리를 내쫓으려는 걸까. 아이들은 율리 때문에 공부를 못하는 게 아니라 율리를 괴롭히느라 공부를 하지 못하는 것처럼 보였다. 머리를 맞대고 뭉쳐있는 아이들의 그림자가 금방이라도 율리를 삼켜버릴 것만 같았다. 빨리 해결되었으면 좋겠다는 생각이 들었다. 율리가 스스로 나가거나 우리가 밀어내거나. 이제 방법은 두 가지뿐이었다.

다음 날 아침, 우리 반에는 일찍부터 많은 아이들이 도착해있었다. 지각을 밥 먹듯이 하던 친구들까지도 모두 있었다. 대자보를 걸기 위해서인 것 같았다. 나는 자리에 앉아 아이들을 지켜보았다. 아이들은 분주해 보였다. 한번도 아침에 이렇게 활기찼던 적이 없는데. 우리 반은 4층에 있었지만 4층에만 대자보를 달면 선생님들이 잘 보지 못할 거라는 의견이 나왔다. 그래서 1층부터 다 달기로 한 것 같다. 나는 3층을 맡았다. 두 개 정도 붙이고 팔이 아파 반으로 돌아왔다. 우리 반 아이들은 창문에 달라붙어 사람들의 반응을 살폈다. 복도마다 아이들이 모여 웅성거렸다. 그 사이로 선생님들도 몇몇 보였다. 어떤 선생님은 대자보를 떼어내기도 했다. 하지만 역시 제일 궁금한 것은 율리의 반응이었다.

8시 45분이 되자 교실 문이 열리고 율리가 들어왔다. 아이들은 숨죽이며 율리를 쳐다봤다. 율리의 표정이 그렇게 좋아 보이지는 않았다. 대자보를 못 봤다고 한다면 그것은 핑계일 것이다.

"학교 안 온 애들은 없니?"

율리는 평소처럼 부드러운 목소리로 물어봤다. 아이들은 아무 대답이 없었다. 율리도 대답을 기대하고 물어본 것은 아닐 것이다. 그냥 형식적인 말이랄까. 아이들은 기대에 찬 얼굴로 율리를 쳐다보았다. 율리도 잠시 우리를 쳐다봤다. 우리를 보면서 무슨 생각을 할까. 밉겠지. 하지만 생각보다 율리는 차분했다. 아이들은 살짝 당황하는 눈초리였다.

"자, 그럼 오늘도 힘내자."

율리는 조례를 마쳤다. 율리가 교탁에서 자리를 정리하고 교실 문을 나가려고 할 때였다. 누군가가 율리를 향해 무언가를 던졌다. 종이를 구겨 만든 공이었다. 종이공은 율리의 어깨에 맞고 힘없이 바닥으로 떨어졌다.

"이거 뭐니?"

율리는 종이공을 한 번 보고는 우리에게 물어봤다. 하지만 아이들은 끝까지 말하지 않았다. 율리는 한숨을 쉬면서 그 종이를 주워 폐휴지함에 버렸다. 웃지도, 화내지도 않은 채, 무표정으로. 아이들은 다시 숨죽이며 지켜봤다. 율리는 종이를 버리고 와서도 교탁 앞에 서서 천천히 우리 반 아이들을 둘러보고 있었다. 그때 누군가 종이를 구겨 율리에게 던졌다. 그러자 아이들은 줄줄이 율리에게 공을

지하인이 산다

던지기 시작했다. 수십 개의 공들이 던져졌다. 율리가 막을 틈조차 없었다. 율리는 넘어지지 않았다. 수많은 공들 틈에서 꼿꼿하게 그 자리를 지키고 서있었다. 자존심 때문인가. 율리가 어리석다고 생각했다. 그냥 교실을 나가면 될 텐데 도대체 무엇을 지키려고 저기 서 있는 것일까.

반 아이들이 던진 공들이 모두 율리의 발아래로 떨어졌다. 율리는 그것들에 시선을 고정하고 있었다. 우리 반 아이들은 숨죽이며 율리를 쳐다봤다. 나 또한 율리의 반응이 궁금했다. 율리는 한참 있다가 우리를 향해 고개를 들었다. 율리의 눈동자는 평소보다 또렷해 보였다. 어쩌면 우리 반 아이들의 행동을 이미 예상하고 있었다는 느낌이 들 정도였다. 우리 반 아이들은 아무것도 할 수 없었다. 때마침 쉬는 시간 종이 울렸다. 율리는 구두 소리를 내며 교실 문을 열고 나갔다. 달리기를 한 것처럼 심장이 빨리 뛰었다. 율리의 눈동자가 머릿속에 박혀버린 것 같았다.

아이들은 율리가 나가자마자 심하게 욕을 퍼붓기 시작했다. 교실은 점점 아수라장이 되었고 결국 아이들의 목소리는 계속해서 커졌다. 하지만 그것도 잠시였다. 아이들은 다시 하나가 되어 다른 일을 꾸미고 있었다. 대자보보다 더 지독한 일을. 지금까지가 서론이었다면 이제부터는 본론으로 들어가려는 것이다. 이제는 아무도 우리반 아이들을 말릴 수 없었다. 나는 갑자기 우리 반 아이들 모두가 무서워졌다. 거기 가만히 앉아있는 나 자신을 포함해서.

나는 율리가 서있던 자리를 멍하니 쳐다보았다. 소란스러운 소리들이 조금씩 멀어지는 것 같았다. 나는 율리를 떠올렸다. 허리를 꽉 조이는 치마를 입은 율리, 블라우스 단추를 목 끝까지 채운 율리, 입꼬리 옆에 볼우물이 있는 율리, 높은 하이힐 위에 아슬아슬하게 서있는 율리를. 어쩌면 그 위에 서있는 사람이 율리가 아니어도 상관이 없을 것 같았다. 그저 우리는 그 위에서 누군가를 끌어내리고 싶을 뿐이니까.

지하인이 산다

정답의 신 **;**

;

　정답은 늘 문제 안에 있다. 엄마는 늘 이렇게 말했다. 나는 그 말을 귀담아듣지 않았다. 그건 한번도 문제를 의심해본 적 없는 사람이나 할 수 있는 말이었으니까. 엄마는 어렸을 때부터 공부를 잘했고, 좋은 대학에 갔고, 좋은 곳에 취직을 했고, 첫사랑을 만나 결혼했다. 나를 낳느라 직장을 그만두게 된 것이 인생 최초의 실패였다고 이야기하는데 그 덕분에 지금은 꽤 큰 수학학원의 원장선생님이 되었으니 그건 실패도 아닌 셈이다. 나로 말할 것 같으면 어렸을 때부터 수학이 싫었다. 내 생각을 묻지 않으니까. 그렇다고 해서 수학을 못한다는 뜻은 아니다. 자기 딸의 수학 점수가 엉망인 것은 엄마에게는 참을 수 없는 일이었다.

　나는 대부분 엄마 기분을 맞춰주는 편이다. 어쨌든 먹고살아야

지하인이 산다

하니까. 게다가 엄마가 한번 화를 내면 상당히 피곤해진다. 말대꾸라도 하는 날이면 휴대폰 뺏기는 것은 기본이고 용돈까지 끊기게 된다. 하지만 나도 엄마의 딸로 산 것이 19년 차라서 대처법쯤은 얼마든 갖고 있다. 나는 집 앞 공중화장실에서 화장을 지우고, 새로 산 옷은 숨기고, 독서실에 다녀오느라 늦었다고 거짓말을 한다. 엄마는 그것도 모르고 나를 말 잘 듣는 착한 딸이라고 생각하는 것이다. 어른들은 늘 보이는 것만 믿는 법이니까. 하지만 나는 엄마가 가장 못마땅하게 여기는 짓까지 하고 있다. 그건 바로 연애다.

고등학교 3학년으로 올라가던 봄, 승호는 내게 고백했다. 승호는 2학년 때 우리 반 반장이었다. 키가 크고 팔을 휘적거리며 걸어서 별명이 바람인형이었는데, 본인도 그 별명이 꽤 마음에 드는 것 같았다. 승호는 말도 잘하고 리더십도 있고 성격도 좋아서 친구들은 물론이고 선생님들 사이에서도 인기가 많았다. 게다가 얼마나 다재다능한지! 미술이면 미술, 체육이면 체육, 못하는 것이 없었다. 한번은 음악 시간에 승호가 기타를 치면서 노래를 불렀는데 우리 반 여자애들 눈에 하트가 아주 뿅뿅이었다. 아마 대한민국 여고생이라면 그 순간 누구라도 승호에게 반했을 거다. 그런 애가 나랑 사귀고 있다는 게 나는 정말 자랑스럽다. 내가 내세울 수 있는 건 그나마 수학뿐인데. 하지만 상관없다. 승호는 그런 나를 좋아하니까. 아마 승호가 공부까지 잘했으면 내가 피곤했을지도 모른다.

3학년이 되면서 반이 갈라졌지만 우리의 연애에는 아무런 문제가 없었다. 오히려 더 애틋해졌다는 표현이 어울린다. 쉬는 시간 종이 치면 견우와 직녀가 오작교에서 만나듯 우리는 복도 양 끝에 있는 각자의 반에서 달려 나왔다. 딱히 만나자고 약속을 한 것은 아니다. 그냥 마음이 통하니까 그랬던 것이다. 학교가 끝나면 우리는 근처 도서관에 가서 각자 할 일을 했다. 나는 공부를 하고 승호는 랩 가사를 썼다. 승호는 래퍼가 될 거라고 했다. 나는 되고 싶은 것이 딱히 없었다. 지루해지면 우리는 함께 도서관을 돌아다녔다. 도서관은 최고의 데이트 장소였다. 영화도 무료로 볼 수 있고 컴퓨터도 있고 지하에 식당도 있고. 무엇보다 죄책감이 덜 들었다.

엄마는 고등학교 3년이 평생을 좌우한다고 했다. 쓸데없는 시간 낭비는 하지 말라는 것이다. 친구들과 놀지도 말고, 휴대폰으로 뉴스 따위를 보지도 말고, 음악도 듣지 말라고 했다. 그럴 때마다 나는 숨은 쉬어도 되는 거냐고 묻고 싶었다. 하지만 나는 승호와 만나는 것이 '쓸데없는 시간 낭비'라고 여겨지지 않는다. 사람에게는 숨통이 필요하다. 그 구멍이 없으면 사람은 죽는 것이다.

나는 언제나 엄마가 우리 사이를 알게 될까 봐 두려움에 떨었다. 중학교 2학년 때 내가 남자친구를 사귄다는 이유로 엄마는 매일 나를 들들 볶으며 휴대폰을 검사하는 등 정말 집착의 끝을 보여줬다. 남자친구와 손을 잡고 걸어가는 길에 갑자기 뒤에서 엄마 목소리가 들려오던 그 순간의 아찔함이란! 방과 후마다 엄마는 교문 앞에 서 있었고 나는 한순간에 유명인이 되었다. 어쩌면 마마걸이라고 소문

지하인이 산다

이 났을지도 모른다. 지금 생각해도 정말 최악이다. 하지만 그날의 쓰디쓴 패배를 교훈 삼아 승호와 비밀연애를 하게 된 것이니까 그때의 경험이 나쁘다고만은 할 수 없을 것 같다. 아무튼 들키지만 않으면 되는 거니까. 그러니까, 들키지만 않으면.

어느 날 담임선생님이 나를 교무실에 불렀다. 상담할 때 말고는 교무실에 갈 일이 별로 없었는데. 나는 의아해하며 교무실 문을 열었다. 선생님은 나를 보자 반갑다는 듯이 손을 흔들고는 나를 앞에 앉혔다. 그리고는 교실 분위기는 어떻냐거나 친한 친구는 생겼냐는 둥 별 시답잖은 것들을 물어보더니 음흉한 얼굴로 이렇게 말했다.
"고3인데 스트레스받고 힘든 거 있으면 선생님한테 말해. 도와줄 수 있는 건 도와줄게. 뭐 고민이 있거나 그런 거 말해도 괜찮고. 특히 비밀 이야기는 환영한다. 자고로 선생님 입 무거운 거 알지?"
선생님의 질문을 듣자마자 의심이 갔다. 반에서 딱히 눈에 띄는 행동을 하지도 않았는데 담임선생님이 나를 이렇게 불렀다는 것은 아무래도 이상한 일이다. 분명 엄마가 선생님을 스파이로 심어놓은 것이 분명했다. 나는 대충 웃으며 말을 넘겼다. 담임선생님도 뭔가를 눈치챘다기보다는 그냥 떠보려고 부른 것 같으니까. 경비를 조금 더 강화할 필요가 있다는 것을 느꼈다. 나는 승호에게 쉬는 시간에 대놓고 복도에서 만나는 것을 그만두고 쪽지를 주고받아 정해진 장소에서 만나자고 말했다. 승호는 첩보작전 같다며 무전기를 들고 다니자는 우스갯소리까지 했다. 이해해주는 승호가 고마웠다.

하지만 우리가 조심할수록 선생님의 감시도 더 심해졌다. 먹잇감을 찾는 하이에나처럼 눈에 불을 켜고 나를 지켜봤다. 나를 교무실로 부르는 일은 더 잦아졌고 교무실에 가면 학교에서 열리는 대회들에 열심히 참가하라는 등 앞으로의 목표를 세우고 공부를 하라는 등 정말 귀에 박힐 정도로 잔소리를 했다. 엄마가 뭐라고 말했기에 선생님이 이렇게 열정을 가지고 나를 괴롭히는 건지 알 수 없었다. 그럴수록 나는 입을 더 다물었다. 중학생 때의 기억을 다시 되살리고 싶지는 않았다. 선생님도 이런 나를 만만치 않다고 생각했는지 점점 교무실에 부르는 횟수를 줄였다. 선생님이 아이들한테 나에 대해 물어보고 다닌다는 소문을 들은 것은 그 무렵이었다. 수업 들어가는 반마다 나와 승호의 관계를 꼬치꼬치 캐묻는다는 것이다. 다른 반 친구들에게 그 소문을 들으니 화가 났다. 모든 아이들의 입을 막을 수 있는 것도 아니었으니까. 경우의 수를 놓고 봐도 엄마가 아는 것은 시간문제였다.

"괜찮아, 내가 있잖아. 우리는 절대 안 헤어져."

내가 불안해할 때마다 승호는 내 손을 꼭 잡고 말했다. 승호의 눈동자는 흔들림 없이 또렷했다. 나는 승호의 어깨에 가만히 기댔다. 남들은 모두 한때라고 하지만 승호는 다른 사람들과 달랐다. 그건 분명했다.

걱정했던 상황은 생각보다 빨리 찾아왔다.

"얘는 누구니?"

엄마가 휴대폰을 들이밀며 물었다. 내가 화장실에 들어간 사이 내 휴대폰을 본 것이다. 분명히 패턴으로 잠가두었는데도! 내 휴대폰 액정 속에서 환하게 웃고 있는 승호의 얼굴을 보니 괜히 더 화가 났다. 우리가 한강에서 솜사탕을 먹으며 데이트를 했던 날의 사진이었다. 사진 속에서 승호는 정말 행복해 보였다. 아마 그 당시 나도 행복했을 것이다.

"친한 친구야."

나는 눈 한번 흔들리지 않고 말했다. 엄마는 의심이 간다는 눈초리로 문자를 봤다. 이름이 뭔지 알고 싶어 하는 것 같았다.

"이리 줘. 내 휴대폰이잖아."

나는 최대한 예의를 갖추고 차분하게 말했다. 여기서 엄마 성질을 건드리는 건 나에게 불리하니까.

"네 휴대폰이 어디 있어? 이거 엄마가 사준 거잖아. 이 집에 네 건 없어. 그리고, 내가 애들이랑 연락이나 하라고 휴대폰 사준 줄 알아?"

엄마는 나를 노려보며 더 강하게 말했다. 마음 같아서는 당장이라도 휴대폰을 빼앗고 싶었다.

"알겠어. 앞으로 폰 쓰는 시간 줄이도록 노력할게."

나는 눈을 꼭 감고 말했다. 엄마는 내 휴대폰을 소파에 던져놓고 한숨을 내쉬었다.

"너 지금 고3이야. 제일 중요한 시기라는 거 잘 알잖아. 그치? 엄마는 당연히 너를 믿어. 그런데 네가 엄마를 계속 의심하게 만들잖아. 지금 참으면 나중에 훨씬 편해져. 엄마가 매일 말하잖아. 마시멜로우 이야기. 순간의 충동을 참지 못해서 마시멜로우 먹은 애들이랑 참았던 애들이랑 보면 누가 더 성공해? 참은 애들이 더 성공하는 거야. 지금이야 잘 표시가 안 나지만 대학 가고 사회에 나가면 다 표시나. 엄마가 내 딸 잘되라고 하는 소리지. 다 알면서 왜 자꾸 감정대로 행동을 하려고 하는 거야? 너 그런 애 아니잖아. 정답을 알면서도 왜 자꾸 비켜 가려고 하는 거니?"

엄마는 나를 보며 부탁한다는 듯이 말했다. 항상 엄마는 이런 식이지. 처음에는 막 화내다가 나중에는 애걸복걸하며 말을 한다. 나를 믿는다는 것은 순 거짓말이다. 나를 정말로 믿는다면 휴대폰 검사를 하지 않았겠지. 그렇다고 해서 말대꾸를 하지는 않았다. 그냥 이해했다는 듯이 고개를 끄덕이면 빨리 끝나는 것을 아니까. 내가 고개를 끄덕이자 엄마는 그제야 마음이 놓였는지 휴대폰을 돌려주었다. 나는 방으로 들어와 애꿎은 베개를 주먹으로 쳤다. 고등학교만 졸업하면 성인이 되고 자유로워진다고 엄마는 말했다. 그때까지만 다 참으라는 것이다. 화장실 가는 것조차! 하지만 고등학교를 졸업한다고 이 고통이 끝날까? 엄마의 딸은 도대체 언제 졸업할 수 있는 건지 나는 그게 정말 궁금했다.

지하인이 산다

엄마와 이야기를 끝내고 나는 한동안 정말 조용하게 지냈다. 담임 선생님의 동선을 파악해 조심스럽게 승호를 만나고 도서관 데이트도 줄였다. 그러는 동안 승호와 멀어지기는커녕 더 가까워지기만 했다. 엄마도 한동안 나를 귀찮게 하지 않았다. 모든 게 해결된 거라는 생각까지 들었다. 하지만 사람들이 항상 하는 말이 있다. 좋은 날이 있으면 안 좋은 날도 있는 거라고, 인생이 계속 행복할 수는 없는 거라고. 정말 맞는 말인 것 같다. 다시 나쁜 일이 일어날 차례였다.

그날 나와 승호는 학교가 끝나고 놀이터에서 이야기를 하고 있었다. 승호는 나에게 할 말이 있는지 계속 머뭇거렸다. 처음에는 모른 척했지만 시간이 지날수록 말을 고르는 것이 너무 티가 날 정도였다.

"승호야, 할 말 있어?"

나는 따뜻한 목소리로 말했다. 승호는 살짝 고민하는 듯했지만 천천히 입을 열기 시작했다.

"사실…. 요새 계속 너희 엄마한테 연락이 와. 말할까 말까 고민되게 많이 했는데 말해야 할 것 같아서."

승호는 죄인이라도 된 것마냥 고개를 푹 숙이며 말했다.

"엄마한테 연락이 온다고? 뭐라고 오는데."

"별거는 아니고 그냥…"

나는 승호가 말을 끝내기도 전에 휴대폰을 확인했다. 우리 엄마의 번호로 문자가 많이 와있었다. 내용들은 다 비슷했다. 우리가 무슨 관계인지. 혹시 사귀는 건 아닌지. 반에서 몇 등 하는지. 학원은 다니는지. 정말 대답할 가치가 없는 내용들이었다. 정말이지 쥐구멍이라도 있으면 숨고 싶을 지경이었다.

"넌 왜 이걸 지금 말해?"

승호의 얼굴을 제대로 보지 못할 정도로 미안했다. 너무 미안해서 화가 났다.

"아니…. 나는 그냥 네가 신경 쓰일까 봐."

승호의 목소리는 반쯤 기가 죽어있었다.

"우리 엄마가 한 일이잖아. 내가 신경을 쓰는 건 당연한 거야."

나는 애써 침착하게 말했다.

"나 괜찮아. 정말이야. 걱정하지 마."

승호는 잔뜩 화가 나있는 내 손을 잡고 말했다. 마음 같아서는 당장이라도 엄마에게 전화를 해 화를 내고 싶었다. 하지만 할 수 없었다. 이럴 때 감정적으로 행동하면 오히려 더 역효과가 날 테니까. 마시멜로우 같은 말도 안 되는 이야기를 하면서 나와 승호의 관계를 이간질시키려는 엄마. 말로만 믿는다고 하고 뒤에서는 다 감시를 하고 있었던 것이다. 나를 딸로 생각하기는 하는 걸까? 아니, 하나의 독립된 개체로 인정은 하는 걸까? 어쩌면 나를 그저 엄마의 소유물, 장식품으로 생각하는 건 아닐까? 승호는 계속해서 괜찮다고 나를 다독여줬지만 그 소리를 들은 이상 가만히 있는 건 말도 안 되는 일이었다.

그날 학교가 끝나고 나는 텅 빈 교실에 멍하니 앉아있었다. 엄마가 있는 집에 들어가기 싫었다. 내가 휴대폰도 켜놓지 않자 승호는 반으로 찾아왔다.

"얼른 집에 가자. 데려다줄게."

승호는 걱정이 가득한 목소리로 내 가방을 들면서 말했다. 평소 승호의 말이라면 생각을 해봤겠지만 이번만큼은 승호의 말이 들리지 않았다.

"먼저 가. 나는 조금 있다가 갈게. 연락할 테니까 걱정하지 마."

나는 애써 승호를 보면서 웃었다.

"그럼 같이 있자. 내가 같이 있어줄게. 오늘 학원도 없고 어차피 부모님도 늦게 들어오셔."

같이 있어주겠다는 말 한마디가 이렇게 큰 힘이 되는 줄 전에는 몰랐다.

결국 나와 승호는 학교를 나왔다. 갈 곳은 없었지만 우리는 무작정 걷기 시작했다. 걷다 보면 어딘가에 도착할 것이라고 생각했으니까. 그리고 승호와 함께라면 두려울 것이 없었다. 나와 승호는 걷는 내내 아무런 말도 하지 않았다. 말하지 않아도 서로의 마음을 알 수 있었기 때문이다. 해가 질 무렵 우리는 공원 벤치에 앉아 비행기가 지나가는 것을 가만히 올려다보고 있었다. 자전거를 타고 지나가는 아저씨와 개를 데리고 산책하는 언니, 손뼉을 치며 뒤로 걷는 아줌마들이 우리 앞을 지나갔다. 몇몇 사람들은 교복을 입은 우리가 이상했는지 우리를 위아래로 기분 나쁘게 쳐다봤다. 나는 사람들의 눈을 피해 땅으로 시선을 고정시켰다. 죄를 지은 것도 아닌데 괜히 잘못한 것 같은 느낌이 들었다.

공기가 참 좋다. 아이스크림 먹고 싶지 않니? 우리는 사소한 이야기들을 하며 오래 거기 앉아있었다. 할 말이 떨어졌을 때는 하늘을 올려다보았다. 밤이 깊어질수록 별이 빛났다. 아니, 별이 밤에 빛난다는 것은 틀린 말이다. 밤이 되었기 때문에 겨우 그 빛이 보이게 된 것이다. 나는 별처럼 빛나는 인생을 살고 싶은 마음이 없다. 그저 평범한 게 좋다. 그냥 별 볼 일 없는 인생. 어쩌면 그 인생을 사는 것이 제일 어려운 것인지도 모른다.

"이제 어떻게 할 생각이야?"

정적을 깨고 말을 건 사람은 승호였다. 사실 딱히 생각해둔 계획은 없었다. 처음에는 엄마와 대화를 해볼까 하는 생각도 했지만 그러면 내가 승호와 사귄다는 것을 고백하는 셈이 되어버린다. 스스로 제 덫을 물기는 싫었다. 계속해서 여러 방법들을 생각했지만 딱히 좋은 방법은 떠오르지 않았다.

"외계인한테 부탁할까?"

나는 실실 웃으며 말했다. 승호도 같이 웃었다. 그때 갑자기 눈물이 났다. 외계인이라니. 이런 지경까지 온 게 너무 짜증이 났다. 내 울음이 다 그칠 때까지 승호는 말없이 내 옆에 앉아있었다. 내 휴대폰은 주머니 안에서 계속 지잉지잉 울리고 있었다. 엄마가 분명했

지하인이 산다

다. 우리는 휴대폰을 끄고 가방에 넣어두었다. 어둠이 깊어질수록 차가운 바람이 불었다. 나는 승호의 어깨에 기대 무거워진 눈꺼풀을 감고 까무룩 잠이 들었다. 우리가 맞닿은 곳은 밤새 따뜻했다.

다음 날 아침 우리는 바로 학교에 갔다. 같이 등교를 하는 것은 오래간만의 일이었다. 꾀죄죄한 우리의 모습이 웃기기는 했지만 좋았다. 4층에 가니 우리 반 앞에 담임선생님이 서있었다. 나는 승호와 작별 인사를 하고 담임선생님을 향해 걸어갔다. 담임선생님은 나를 보자마자 다급하게 팔을 잡고 말했다. 이마에 땀방울이 송골송골 맺힌 채.

"너 어제 어디에 있었던 거야? 지금 학교에 너희 어머니 오셨어. 빨리 교무실로 와."

그렇게 말하고 선생님은 교무실로 먼저 뛰어갔다. 쩔쩔매는 모습을 보니 엄마가 어지간히 괴롭힌 것 같았다. 나는 반에 가방을 내려놓고 교무실로 갔다. 들어가기 전 문틈으로 보니 화가 잔뜩 난 엄마의 모습이 보였다. 엄마는 이렇게 소리치고 있었다.

"학생들을 바로잡아주는 곳이 학교 아닌가요? 학생이 어디에서 뭘 하고 있는지 선생님들이 모르면 누가 알죠? 학생 관리를 어떻게 하는지 정말. 교장선생님은 지금 뭐 하고 계시죠?"

교무실 안에 있는 선생님들은 안절부절못하고 그저 진정하시라는 말만 반복하고 있었다. 나는 문을 열고 들어갔다. 모든 시선이 나에게 쏠렸다. 엄마는 소리치다 말고 나를 보며 의자에 털썩 주저앉았다. 안심을 한 건지 아예 폭발을 한 건지. 담임선생님은 나에게 빨리 상황 설명을 하라는 눈빛을 보내고 있었다. 담임선생님뿐 아니라 교무실에 있던 모든 선생님들의 바람이었을 것이다. 나는 엄마 앞에 앉아 고개를 푹 숙였다. 빳빳하게 고개를 들고 엄마를 볼 용기가 없었다.

"어제 어디에 있었던 거야? 괜찮으니까 말해봐."

담임선생님은 내 옆에 서서 차분하게 말했다. 나는 담임선생님을 한 번 보고 엄마를 한 번 봤다. 엄마의 눈에는 잔뜩 힘이 들어가 있었다. 내가 말을 하려는 순간 종이 울렸다. 교무실에 있던 선생님들은 이때다 싶어 다들 도망가듯 교무실을 나갔다. 교무실에는 나와 엄마, 그리고 담임선생님이 남았다. 정말 그 순간만큼은 담임선생님이 불쌍했다.

"저…. 일단은 어머니, 진정하시고요. 소희랑 둘이 따로 이야기를 해보는 것은 어떨까요? 저기 상담실에 들어가서서 천천히 이야기 나누세요. 그리고 저는 잠깐 반에 좀 갔다 오겠습니다."

상담실 안에서 엄마는 한동안 아무 말도 없이 가만히 나를 쳐다봤다. 침묵이 더 무섭다는 것을 알고 있는 게 분명했다.

"빨리 말해."

엄마는 목소리를 낮게 깔고 말했다. 나는 천천히 고개를 들어 엄마를 쳐다봤다. 엄마는 애써 침착한 얼굴을 하고 있었다. 나는 말도 할 수 없었다. 밤새 승호랑 있었다는 것을 말하는 순간 모든 것이 다 끝날 걸 아니까.

"두 번 말하는 거 싫어해. 어디서 누구랑 뭐 하고 있었는지 말하라고."

엄마의 목소리는 더 낮아졌다. 한 번만 더 말했다가는 소리를 지를 것 같았다.

"그냥 공원에 앉아있었어."

"혼자?"

엄마는 내 말이 끝나자마자 퉁명스러운 목소리로 받아쳤다. 나는 아무 말도 하지 않았다.

"어제 승호한테 전화해봤어. 안 받더라?"

엄마는 피식 웃으면서 말했다. 약을 올리는 건지, 정말 참을 수 없었다.

"엄마가 걔한테 전화를 왜 해? 전혀 상관없는 애야."

나는 고개를 들고 말했다.

"왜 발끈해? 찔리는 게 있으니까 전화를 안 받았겠지. 폰 줘봐."

엄마는 손을 내밀며 말했다. 19살이나 됐는데 아직도 툭하면 휴대폰 검사를 하려고 하는 게 화가 났다.

"엄마는 내가 누구랑 있었는지 그렇게 중요해? 지금 문제는 그게 아니잖아."

"그럼 뭔데? 엄마가 딸이 밤새 어디에서 누구랑 있었는지 물어보

정답의 신   59

지도 못해?"

엄마는 나의 말에 지지 않고 말했다.

"그리고 너 자꾸 거짓말하는데 엄마가 모를 줄 알아? 너 남자친구 있잖아. 여기저기서 소문 다 돌고 있는데 왜 계속 숨기려고 해? 언제까지 숨길 수 있을 거라고 생각했어? 엄마가 저번에 했던 말 어디로 들은 거야?"

엄마는 나에게 마지막 결정타를 날렸다. 더 이상 거짓말이 통하지 않는다는 것을 깨달았다.

"맞아. 밤새 공원에서 승호랑 같이 있었어. 엄마가 승호한테 연락했다는 이야기 듣고 너무 화가 나서 집에 들어가기 싫었어. 내가 너무 속상해서 울고 있을 때 승호는 옆에서 묵묵히 나를 위로해줬어. 우리 둘이 생각 없이 만나는 거 아니야. 제일 중요한 시기라는 것도 누구보다 잘 알아. 미래 이야기 하면서 우리 진짜 잘해보기로 했어. 승호랑 사귀면서 성적 떨어진 적 없잖아. 오히려 더 열심히 하고 있잖아. 그러니까 한번 믿어주면 안 돼?"

엄마는 나의 말을 끊고 계속해서 말을 이어갔다.

"걔는 또 쪼르르 달려가서 그걸 이르니? 애가 좀 멍청한 것 같다. 선생님한테 물어보니까 공부도 못하고 대학도 갈 생각이 없는 애라던데. 수준 떨어지지 않니? 세상은 등급으로 나뉘는 거야. 너랑 승호는 거기서부터 차이가 나. 그런데도 계속 사귈 수 있을 것 같아? 잘 생각해. 세상은 네가 생각하는 것만큼 만만하지 않아. 서로의 감정

지하인이 산다

이 네가 앞으로 가야 할 길에 방해가 된다면 엄마는 계속해서 간섭할 거야. 그 정도는 할 수 있잖아?"

엄마는 한 글자마다 힘을 주어 말했다. 엄마가 말하는 승호는 나와 너무 다른 세상에 사는 아이인 것 같았다. 처음으로 승호가 낯설게 느껴졌다. 수준. 수준이라니. 누가 수준이 높고 누가 낮은 걸까. 잘 알지도 못하면서 점수 따위로 사람을 평가하는 게 더 수준이 떨어지는 거 아닌가?

그때 문이 열리고 선생님이 들어와 엄마에게 물었다.

"이야기는 좀 나누셨나요?"

"혹시 승호 어머니를 만날 수 있을까요?"

엄마는 질문에 대한 답을 하는 대신 다시 질문을 내놓았다. 나는 엄마의 얼굴을 쳐다봤다. 승호 엄마를 만나다니. 엄마가 무슨 말을 할지 상상도 하고 싶지 않았다.

"제가 그러면 승호 어머니께 연락을 해보겠습니다."

선생님은 잠시 고민을 하더니 휴대폰을 꺼내 들고 상담실을 나갔다.

"이제 네 선택만 남았어. 지금 네가 헤어진다고 하면 승호 엄마 만나지 않을 거야."

엄마는 살짝 미소를 지으며 말했다. 정말 잔인했다. 엄마는 내게 문제를 내밀었고, 나는 이미 정답을 알고 있었다. 나는 엄마의 눈을 똑똑히 쳐다보았다. 억울해서 눈물이 뚝뚝 떨어졌다.

"알겠어. 헤어질게."

내가 뱉은 말에 후회를 한다고 해도 어쩔 수 없다. 최선의 선택이었으니까. 엄마는 만족스러운지 자리에서 일어나며 말했다.

"엄마는 네가 그렇게 말할 줄 알았어. 집에서 보자."

엄마는 자신의 임무가 끝났다는 듯이 상담실을 나갔다. 작은 유리창을 통해서 보니 담임선생님과 엄마는 이야기를 하고 있었다. 다 끝났다고 이야기를 하는 것이겠지. 엄마가 나가자 담임선생님은 상담실로 들어왔다.

"괜찮니? 어서 반으로 들어가서 수업 들어."

선생님은 별다른 말 없이 내 어깨를 두드려주었다. 어쭙잖은 위로보다 백배는 더 나았다.

나는 교실로 걸어갔다. 승호와 매일 만나던 복도가 그날따라 길게만 느껴졌다. 복도는 기울어지거나 꺾이는 곳이 하나 없었다. 복도는 차갑고 길고 끝나지 않을 것 같았다. 나는 교실 뒷문을 열었다. 수학 시간이었고, 아이들은 조용히 자습을 하고 있었다. 책상 줄은 바르게 맞춰져있었고 연필 사각거리는 소리가 교실에 가득했다. 모든 것이 안정적이고 질서정연했다. 마치 길을 잘 찾아가고 있다고 말하는 것처럼. 나는 자리에 앉았다. 며칠 전에 봤던 수학 수행평가 종이가 책상 위에 있었다. 16점 만점에 16점. 완벽한 점수였다.

지하인이 산다

구멍 ;

심훈 중앙대 청소년문학상 차상 수상작

;

우리 집 안에 커다란 구멍이 있다. 처음부터 그 구멍이 컸던 것은 아니다. 처음에는 골프공으로 막을 수 있을 만큼 작았다. 구멍이 이렇게 커질 것이라고는 우리 가족들 가운데 그 누구도 예상하지 못했다.

그날은 평소와 다를 것이 없는 하루였다. 엄마와 아빠는 바쁘게 출근할 채비를 하고 있었고 오빠도 교복을 입고 가방을 챙기는 것 같았다. 나 역시 화장실을 분주하게 들락날락거리고 있었다. 그때 나는 거실 한쪽에서 작은 구멍 하나를 발견했다. 그 구멍은 작았지만 끝이 보이지 않을 만큼 아주 깊었다.

"엄마, 여기 이상한 구멍 생겼어."

"뭐라고? 안 들리니까 나중에 말해. 엄마 바빠."

지하인이 산다

나는 더 이상 구멍에 대해서 말하지 않았다. 대신 바닥에 굴러다니던 아빠의 골프공으로 대충 구멍을 틀어막았다. 학교에 도착하자마자 나는 친구들과 떠들기 바빴다. 방금 전까지 구멍에 대해 신경 쓰고 있던 것은 잊어버리고 말이다.

우리 가족은 나와 오빠 그리고 부모님, 이렇게 네 명이다. 우리 가족은 다른 가족들과 별반 다를 게 없다. 부모님은 맞벌이고 나는 고등학교 1학년. 오빠는 고등학교 3학년생이다. 그렇다고 해서 같은 고등학교를 다니지는 않는다. 우리 오빠는 일명 모범생이라 외국어고등학교를 다닌다. 오빠의 얼굴을 보는 건 마치 별똥별을 보는 것만큼 희귀한 일이다. 오빠에게는 학교와 독서실이 인생의 전부일 것이다. 학교가 끝나면 집에 가서 옷만 갈아입고 독서실로 향한다. 부모님은 항상 아침 7시에 나가서 밤 10시가 되어야 집에 온다. 오자마자 피곤하다며 바로 침대에 눕는다. 당연한 일이다. 가만히 보면 우리 가족은 모두 바쁘다. 나는 제외. 나는 오빠처럼 공부를 열심히 하지도, 부모님처럼 성실하지도 않다. 그냥 일반 고등학교를 다니며 학교가 끝나면 학원을 가고 학원이 끝나면 집에서 쉬는, 가족들의 말대로라면 게으른 아이다.

학원을 마치고 집에 돌아가는 길에는 항상 이이폰을 끼고 들어간다. 노래라도 들으면 혼자라는 느낌이 들지 않기 때문이다. 집에 일부러 늦게 들어가는 날도 있다. 하지만 시간이 지나도 집에서는 연락이 오지 않는다. 다른 가족들도 다 우리와 같을 것이다. 나는 그렇게 믿는다. 우리 가족은 남들과 다르지 않다고.

집에 들어오자마자 나는 나의 눈을 의심했다. 아침에 골프공으로 막아놨던 구멍이 더 커진 것이었다. 골프공은 사라지고 없었다. 아마 밑으로 떨어진 것 같았다. 나는 천천히 구멍에 가까이 갔다. 역시나 구멍 밑이 얼마나 깊은지 가늠할 수 없었다.

그날 밤 나는 가족들을 거실로 불렀다. 우리가 이것을 알아야 한다고 생각했다. 아빠와 엄마는 하품을 하며 소파에 비스듬히 기대 앉아 나를 올려다보았다. 나는 우리 집에 큰일이 생겼다고 말했다. 오빠는 심드렁한 반응을 보였다. 엄마는 일단 다른 사람들에게는 말하지 말라고 했다. 구멍이 생긴 것이 큰일은 아니지만 그렇다고 해서 정상적인 일도 아니라고 말이다. 맞는 말이긴 했다. 굳이 사람들한테 말했다가 구멍을 구경하러 오는 사람들이라도 생기면 말이 많아질 테니까. 우리 가족들이 제일 싫어하는 것은 사람들이 많고 시끄러운 것이다.

"이대로 그냥 둘 거야?"

나는 가족들을 보며 말했다. 오빠는 한심하다는 듯이 말했다.

"그럼 지금 이 늦은 시간에 뭐 어떻게 하자고. 바닥이 좀 뚫릴 수도 있지."

바닥이 좀 뚫렸다고 하기에는 그 구멍이 너무 컸다. 나는 이번에는 엄마에게 말했다.

"이 구멍 더 커지면 어떡해? 골프공도 안에 들어갔잖아."

"구멍이 커지긴 왜 커지냐. 네가 또 잘못 본 거겠지."

엄마 대신 오빠가 대신 대답했다. 아빠가 싸늘한 표정으로 나를 보고 있었다. 나는 변명하듯 말했다.

"아니야. 내가 봤어. 정말 골프공 크기였다고. 그런데 그 구멍이 커진 거야. 축구공만 하게!"

아빠는 눈을 피하며 고개를 저었다. 답답했다. 아무도 내 말을 듣지 않았다. 하긴 나라도 직접 보지 않는 이상 믿기는 어려울 것 같기는 하다. 오빠가 방으로 들어가며 말했다.

"넌 뭐가 그렇게 걱정이 많냐. 그게 현실에서 일어날 수 있다고 생각해? 그럴 시간 있으면 공부나 좀 하지 그러냐."

우리의 짧은 대화는 그걸로 끝이었다. 우리 가족에게 중요한 것은 구멍이 아니었다. 자신의 소중한 시간을 방해받지 않는 것이 더 중요한 일인 것 같았다. 우리 가족은 구멍이 왜 생겼는지도 궁금해하지 않았다. 솔직히 아무런 문제도 없는 집에 갑자기 구멍이 생겼다는 것을 이해하는 사람은 없을 것이다.

다음 날은 토요일이었지만 나는 평소처럼 늦잠을 질 수 없었다. 이른 아침 엄마의 비명 소리를 듣고 잠에서 깼기 때문이다. 비몽사몽한 상태로 거실로 달려 나왔다. 거실에 있던 장식장은 쓰러져있었고 장식장 안에 있던 물건들은 모두 바닥에 나뒹굴고 있었다. 몇몇 물건들은 구멍 속으로 빠진 것 같았다. 오빠는 떨어진 장신구들을 줍고 있었고 아빠는 유리를 쓸고 있었다. 구멍이 더 커진 것이다. 구멍의 크기는 이제 거실의 반 정도나 되었다. 움직이는 것도 편하게 못 움직일 것 같았다. 그제야 우리 가족들은 심각한 표정을 지었다. 사실 나도 구멍을 보고 다시 놀랐다. 저렇게 크지 않았는데. 그제야 아빠와 엄마는 구멍에 대해 문제 삼기 시작했다.

엄마와 아빠, 바쁘신 오빠까지 거실에 모였다. 나도 대충 옷을 입고 소파에 앉았다. 물론 소파도 위치를 옮겨 구멍과 멀리 둔 상태였다. 우리는 한동안 말을 하지 않았다. 다 같이 모여있다는 것 자체가 어색했다. 물론 평소에도 우리 가족은 딱히 대화를 잘 하지 않기 때문에 이런 일이 벌어졌다고 해서 갑자기 말이 술술 통할 리는 없었다. 하지만 그보다는 무슨 말을 한다 해도 해결되는 것은 없다는 것을 우리 모두가 아는 것 같았다. 또는 아무도 이 사실을 믿고 싶지 않겠지. 꿈은 아닐까 생각도 했다. 다시 자고 일어나면 평소처럼 똑같은 일상, 구멍이라고는 없는 날들일 거라고.

"이제 어떡하지?"

엄마가 다리를 떨며 말했다. 나는 엄마의 질문에 대답했다.

"사람 불러서 구멍을 막으면 되잖아."

"지금 공사를 하자고? 사람들 들락날락거리고 시끄러워지잖아. 그

지하인이 산다

럼 나 독서실 갈래."

오빠는 내가 말하자마자 신경질을 냈다. 엄마도 손톱을 깨물며 말했다.

"우리가 어떻게 할 수 있지 않을까? 사실 집에 구멍이 생겼다고 동네방네 떠들고 다닐 필요는 없잖아. 자랑거리도 아니고."

"집값도 떨어질 거야. 지금 한창 오르고 있는데."

아빠도 사람을 불러 해결하자는 말에 동의하지 않았다.

"그럼 저 구멍이 점점 더 커지면 그때는 어떡해?"

내 말에 아무도 대답을 하지 못했다. 사실이다. 구멍이 저 크기에서 멈춘다는 보장은 없다. 구멍은 왜 생긴 것일까. 구멍이 언제 커질지도 모르는데 계속 이렇게 있기만 하면 우리 집이 통째로 날아갈 것이다. 모여서 이야기를 해보면 조금은 풀리지 않을까 했다. 하지만 전혀 풀리는 것은 없었다. 일단 각자 조금 더 생각해보자. 아빠는 그렇게 말하고 텔레비전을 켰다. 오빠는 방에 들어가 문을 닫았고 나는 소파에 그대로 앉아서 휴대폰을 하기 시작했다. 나도 이제 뭘 어떻게 해야 할지 알 수 없었다. 엄마와 아빠는 그저 빨리 저절로 해결될 거라고 믿는 것 같고 오빠는 관심조차 없다.

모두 제자리로 돌아가 각자의 할 일을 하고 있던 순간이있다. 쿵 소리가 나면서 책장에 있던 책들이 바닥으로 떨어졌다. 오빠는 놀라서 방문을 열었고 아빠와 엄마도 소리가 나는 쪽으로 달려왔다. 책들은 이미 깊은 구멍 속으로 빠져버렸다.

"읽지도 않는 책들 진작 버리라니까 결국 일을 만드네."

엄마는 아빠를 째려보며 말했다. 엄마 말을 듣는 둥 마는 둥 아빠는 떨어진 책들을 정리하고 다시 텔레비전 앞에 앉았다. 엄마는 구멍이 커졌다는 사실을 문제 삼지 않았다. 쓸데없이 책을 쌓아놓는 아빠를 탓할 뿐. 이제 구멍은 거의 거실을 넘어 부엌까지 올 기세였다. 이대로라면 우리도 저 구멍 속으로 들어갈 수도 있다는 생각이 들었다.

그때 누군가가 우리 집 문을 두드렸다.

"누구세요?"

엄마는 상냥하게 대답했다. 방금까지 앙칼진 목소리로 아빠에게 화를 냈던 사람이라고는 생각할 수 없을 만큼. 엄마는 혹시 구멍을 들킬까 봐 문을 살짝만 열었다.

"택배입니다. 이미정 씨 맞으신가요? 물량이 밀려서 배송이 늦어졌습니다."

"감사합니다."

"네. 수고하세요."

문이 닫히자 엄마의 표정은 원래대로 돌아왔다. 엄마는 내 옆으로 와 앉았다. 오빠도 분위기를 보고 슬금슬금 거실로 나왔다.

"또 골프채야?"

엄마는 긴 골프채를 잡고 아빠에게 말했다. 못마땅한 표정을 짓고 있던 아빠는 갑자기 자리에서 벌떡 일어났다.

"그걸 보니까 생각났어! 밖에서 긴 판자를 구해오면 되잖아. 그리고 그 판자로 저 구멍을 막으면 되지!"

화장실을 갔다 온 사이 아빠는 사라져있었다.

"아빠는?"

"판자 찾으러."

엄마가 말했다. 우리는 한참 동안 말을 하지 않았다. 갑자기 오빠가 자리에서 일어났다. 나는 딱히 궁금하지는 않았지만 이렇게 물었다.

"어디 가?"

"아빠한테. 판자 무겁잖아."

오빠는 한번도 아빠를 도와준 적도, 심지어 둘이 있어본 적도 없을 것이다. 그런데 아빠를 도와준다니. 나는 놀라서 오빠가 나갈 때까지 쳐다보았다. 아마 엄마도 놀랐을 것이다. 처음으로 우리 가족이 잘 맞는다는 느낌을 받았다. 오빠가 나가고 나와 엄마만 남았다.

"우리도 도울 거 있나 찾아볼까?"

나와 엄마도 분주하게 움직이기 시작했다. 우리는 혹시라도 구멍이 더 커질 것을 예상하여 주변에 있는 것들을 옮겨 구멍과 멀리 떨어뜨려놓았다. 오랜만에 엄마와 힘을 합쳐서 일을 하는 것 같았다. 한참 동안 물건을 옮기고 우리는 바닥에 앉았다. 때마침 아빠와 오빠도 돌아왔다. 긴 판자의 끝을 어깨에 들쳐 메고 함께 들어오는 모습이 좋아 보였다. 우리 가족은 구멍 옆에 판자를 놓고 앉았다. 판자는 딱 한 개. 큰 구멍을 가로지를 만큼의 길이였지만 폭은 고작 30㎝쯤 되어 보였다.

"자, 그럼 안방에서 현관으로 가로지르도록 놓는 걸로 하지."

아빠의 말에 오빠가 물었다.

"왜 하필 안방 앞이야?"

"내가 찾았으니까. 게다가 나는 이 집의 가장이잖아."

그 말을 듣고 엄마는 콧방귀를 뀌며 말했다.

"가장이 무슨 벼슬이야? 집안일하고 매일 고생하는 나를 생각하면 당연히 부엌을 향하도록 봐야지."

오빠가 바닥을 손바닥으로 탁탁 치며 말했다.

"나 수험생이야. 고3이라고. 화장실 가는 시간도 아까운데 내가 빙 둘러서 걸어 다녀야겠어?"

나는 말다툼하는 가족들을 가만히 쳐다보고 있었다. 그냥 구멍의 테두리를 따라서 걸으면 되는데 굳이 자기 편한 곳에 놓겠다며 싸우는 게 이해가 되지 않았다. 결국 판자는 안방 앞에 놓았다. 하지만 계속 안방에 놓기로 한 것은 아니다. 한 시간씩 돌아가며 판자를 사용하기로 했다.

한 시간쯤 지나자 오빠는 안방 앞에 놓여있던 판자 한쪽을 낑낑 대며 들어 올려 자기 방 쪽으로 옮기려고 했다. 아빠는 방에서 나와 허리에 양손을 올리고 배를 내밀며 말했다.

"아직 삼 분이나 남았는데 왜 옮겨?"

"판자 옮기고 나면 삼 분 지나가. 미리 옮겨야지."

그것을 지켜보던 엄마도 가만히 있지 않았다.

"다음 순서 정하지도 않았는데 왜 당연하다는 듯이 네가 먼저 사용하니?"

엄마와 오빠는 판자를 서로 자기 쪽으로 잡아당기며 실랑이를 했다. 아빠가 아직 때가 아니라며 말렸지만 두 사람은 막무가내였다. 결국 엄마가 중심을 잃고 바닥에 넘어졌다. 엄마는 눈을 크게 뜨고 소리를 질렀다.

"엄마를 밀쳐?"

아빠는 오빠의 등을 때렸다. 중심을 잃은 오빠는 결국 손에서 판자를 떨어뜨렸다. 판자는 구멍 속으로 떨어졌다.

"아, 왜 때려! 말로 하면 되는데 왜 그러냐고!"

오빠는 씩씩거리며 말했다. 눈에 눈물까지 고인 것 같았다.

"어디서 눈알을 부라려? 지금 큰소리칠 때야? 그걸 왜 떨어뜨려. 어떻게 구해온 건데! 고집부릴 때 알아봤어."

"둘 다 뭘 잘했다고 소리를 질러?"

엄마는 오빠와 아빠의 모습을 보고 어이없다며 회를 냈다. 나는 그저 가만히 지켜보고 있었다. 갑자기 화살이 나에게 돌아왔다.

"너는 그때 뭐 하고 있었어? 오빠가 떨어뜨릴 것 같으면 네가 잡았어야지. 너는 하는 일이 하나도 없잖아."

아빠는 갑자기 가만히 있던 나를 위아래로 훑겨보며 잔소리를 하기 시작했다.

오빠는 발을 쿵쿵거리며 자신의 방으로 들어가 문을 닫았다. 아빠 또한 화를 내며 안방으로 들어갔다. 엄마는 두 인간 꼴 보기 싫다며 내 방으로 왔다. 그리고 내 침대에 누워 한마디도 하지 않았다. 그때 오빠가 내 방문을 벌컥 열었다.

"야, 너 내 옷 또 입었냐? 허락 없이 입지 말라고 했잖아."

"무슨 옷. 나 아니야."

"회색 후드티! 네가 아니면 그럼 누구야. 옷에 발이라도 달려 혼자 사라졌겠냐?"

우리가 한참 옥신각신하고 있는데 심드렁하게 누워있던 엄마가 말했다.

"그 옷 빨래 돌렸다."

내가 신경질을 내려던 순간이었다. 엄청난 소리가 나며 집이 흔들렸다. 엄마는 침대에서 일어났고 오빠는 놀란 나머지 바닥에 주저앉았다. 나는 설마 하는 마음으로 방문을 열었다. 구멍은 점점 커지고 있었다. 이제는 손쓸 수도 없을 만큼. 아빠도 방문을 열고 커지고 있는 구멍을 보고 있었다. 아빠가 있는 안방으로 점점 구멍이 넓어지고 있었다. 이제 안전하다고 할 수 있는 곳은 내 방이 유일한 것 같았다.

지하인이 산다

"아빠, 빨리 와."

나는 다급하게 아빠를 불렀다. 아빠도 위기를 느꼈는지 바로 내 방으로 뛰어왔다. 구멍은 계속 커졌다. 내 방문 앞까지. 달리 말하자면 우리는 꼼짝없이 갇힌 것이다. 구멍은 살아있는 것처럼 우리를 향해 성큼성큼 다가오고 있었다.

그때였다. 오빠가 책장으로 달려가 문제집과 교과서를 구멍에 던져 넣었다. 아빠는 놀란 눈으로 오빠를 쳐다보았다.

"다들 빨리 던져. 이제 방법이 없잖아. 구멍 막아야지."

엄마는 결심한 듯 옷장으로 달려가 옷을 꺼내 던졌다. 레이스 달린 옷들이며 치렁치렁한 치마들이 모두 구멍 속으로 들어갔다. 내가 좋아하지도 않는데 여성스럽다는 이유로 엄마가 매번 사 왔던 것들이었다. 아빠가 피아노를 낑낑대며 밀자 그 위에 있던 인형들이 균형을 잃고 쓰러졌다. 우리는 십자수, 액자, 저금통, 내 방에 있던 모든 것들을 구멍 속으로 내던졌다. 지금까지의 모든 것들이 한순간에 날아가는 기분이었다. 하지만 그런 것으로는 커다란 구멍을 다 채울 수 없었다. 구멍은 계속해서 커졌고 구석까지 몰린 우리는 마지막으로 남은 침대에 올라가 벽에 등을 붙였다. 구멍은 침대 앞까지 와있었다. 더 이상 피할 곳이 없었다. 이제 남은 것은 우리 네 사람뿐이었다. 모든 것이 끝났다고 생각했다. 니는 눈을 질끈 감았다. 미안해. 누군가 말했다. 누구였는지는 기억나지 않는다.

그 순간 주위가 조용해졌다. 나는 가만히 실눈을 떴다. 기적 같은 일이 벌어져있었다. 구멍이 멈춘 것이다. 정신을 차리고 보니 우리 가족은 서로를 껴안고 있었다. 아빠가 헛기침을 하며 까끌까끌한 수염을 만졌다. 우리는 어색하게 침대에 걸터앉았다. 우리들의 발밑에는 검은 구멍이 있었다. 깊고 어두웠다. 우리는 그 구멍에 대해 아는 것이 없었다. 왜 생겼는지도, 어떻게 없앨 수 있는지도. 그리고 저 구멍이 왜 하필 그 많은 사람들 중에서 우리 가족에게 생겼는지도 궁금해하지 않았다. 그냥 빨리 사라지기를 바랐을 뿐.

"밖에 전화할까?"

오빠가 주머니 속에서 휴대폰을 꺼내며 말했다. 그 구멍을 다 채우기까지는 아마 오랜 시간이 걸릴 것 같다. 하지만 상관없다. 이렇게 조금씩 답에 가까워지면 되는 거니까.

가면 벗기 **;**

;

모르는 번호로 전화가 왔다. 받았지만 건너편에서는 아무런 소리도 들려오지 않았다. 장난치는 건가 싶어 끊으려고 했다. 그 순간 휴대폰 너머로 울음소리가 들렸다. 한참이 지나서야 그 울음소리는 멎었다.

"나야, 지은이."

지은이라면 같은 반이었다. 친구라고 하기엔 그만큼 친한 것 같지는 않고, 그렇다고 아는 사이라고 말하기에는 좀 더 친한.

지은이는 쉬는 시간과 수업 시간이 뒤바뀐 친구였다. 쉬는 시간 종이 치는 동시에 총알같이 교실을 나갔다. 가끔은 수업이 미처 끝나기도 전에 나가 혼도 났다. 아마 애들은 지은이를 좋아하지 않았을 것이다. 그렇다고 지은이를 괴롭히는 애들은 없었다. 나로 말할 것 같으면 아무런 생각이 없었다. 어차피 1년만 참으면 되니까. 나에

지하인이 산다

게 지은이는 항상 선생님한테 지적받는 아이, 아무것도 신경 쓰지 않고 마음대로 사는 아이. 딱 거기까지였다. 나는 선생님이 나눠주는 프린트를 항상 파일에 과목별로 정리하는 아이였지만 지은이는 받자마자 책상 서랍에 바로 넣는 아이였다. 그래서 지은이의 책상 서랍 속은 늘 구겨진 종이들로 가득했다. 지은이의 책상 위도 서랍 속과 크게 다르지 않았다. 지은이는 나와 많이 달랐다. 친해질 수 없다고 생각했다. 친해지고 싶지도 않았고.

그러던 어느 날, 우리는 짝꿍이 되었다. 짝이 지은이라는 것을 알았을 때 나는 좌절했다. 반에서 짝 하기 싫은 친구들 중에 지은이도 포함되어있었기 때문이다. 하지만 나와 달리 지은이는 나에게 웃어주며 잘 지내자고 말했다. 짝꿍이 되고 나는 처음으로 지은이의 얼굴을 가까이서 봤다. 지은이의 피부는 아기 피부처럼 보드라워 보였다. 하지만 쉬는 시간마다 그런 뽀얀 피부에 계속 무언가를 덧칠했다. 나는 지은이를 만나기 전까지 화장은 어른들만 하는 줄 알았다. 우리 같은 중학생들이 할 일이 아니라. 지은이의 눈은 쌍꺼풀이 없고 옆으로 길게 찢어진 눈이었다. 그런 밋밋한 눈에 검은색 아이라인을 크레파스로 칠하듯 두껍게 채워 넣었다. 그래서 눈을 아래로 깔면 두껍게 그린 아이라인이 고스란히 드러났다. 일주일 동안 나는 지은이에게 필요한 말 이외에는 별로 하지 않고 짝과 함께하는 활동도 대부분 혼자 했다. 하지만 지은이는 자꾸만 나에게 말을 걸었다. 처음엔 그저 귀찮기만 했다. 선생님이 하는 말 하나하나를 이해하지 못하고 내게 다시 물어보았기 때문이다. 지은이는 모르는 것이 너무 많았다. 그래도 내가 화를 내지 못했던 이유는 항상 그 애가 미안해하고 고마워했기 때문이다. 지은이가 제일 좋아하는 과목은 과학이라고 했다. 의외였다. 그래서 그런지 과학 시간이면 절대 자지 않고 항상 필기를 열심히 했다. 한번은 내가 지은이에게 과학을 물어봤는데 지은이는 밝게 웃으면서 묻지 않은 것까지 알려주었다. 항상 귀찮아하며 대충 대답했던 나 자신이 부끄러워질 정도였다. 지은이는 과학 수업이 끝나면 과학 선생님께 달려가 모르는 것을 질문했다. 나는 그런 지은이의 모습이 어딘가 멋있어 보였다. 좋아하는 과목이라는 것이 내게는 없었으니까.

다시 짝을 바꿀 때 나는 조금 아쉬운 마음까지 들었다. 지은이는 나중에 꼭 다시 같이 앉자고 말했고 나는 그냥 살짝 웃었다. 지은이는 그때 내게 휴대폰 번호를 물어보았다. 지은이는 휴대폰이 없어 내 번호만 알려주었다. 하지만 우리가 사적으로 서로 연락을 주고받는 일은 딱히 없었다. 그리고 짝이 두 번은 더 바뀌었다. 그 무렵 지은이에게 전화가 온 것이다.

나는 지은이냐고 다시 한번 되물었다. 그렇다는 대답에 힘이 없었다. 많이 떨고 있는 것 같았다. 무슨 일이냐고 물었지만 지은이는 대답하지 않고 한참을 울었다. 지은이가 전화한 시간은 오후 4시. 내가 한창 학원에서 공부를 할 때였다. 선생님의 눈치를 보며 겨우 강

지하인이 산다

의실에서 나왔기에 얼른 들어가야 했다. 나는 다시 한번 되물었다.

"지은아, 무슨 일이야?"

하지만 지은이는 계속 울기만 했다. 나는 슬슬 짜증이 났다. 이만 전화를 끊어야 될 것 같다고 말을 하려 했다. 그 순간 지은이는 입을 열었다.

"나, 임신했어."

나는 내 귀를 의심했다. 전혀 생각지도 못했던 전개였다. 임신이라니. 지은이와 내 나이는 중2, 겨우 15살이었다. 내 머리로는 이해할 수 없는 말이었다. 나는 뭐라고 말을 해야 하는지 알 수 없었다. 텔레비전에서만 봤던 일이 내 주변에서 일어날 거라고는 생각하지도 못했다.

"나 이제 어떡하면 좋아."

솔직히 나는 해줄 말이 없었다. 그 순간 든 생각이라고는 걱정되는 마음은커녕 말이 안 된다는 생각뿐이었기 때문이다. 나는 아무 말이나 하며 전화를 겨우 끊고 다시 수업에 들어갔다. 지은이가 울어서 충격을 받은 건지, 임신을 했다는 사실에 충격을 받은 건지 통화를 한 이후로 전혀 수업에 집중이 되지 않았다. 아무리 칠판을 보고 머리를 처도 집중이 되지 않았다. 귀에서 계속 지은이의 울음소리와 떨리는 목소리가 떠나가지 않았다. 그러다 나는 문득 걱정이 되었다. 지은이는 지금 어떨까? 아직도 울고 있을까? 하지만 한편으로는 지은이에 대해 생각하고 싶지 않았다. 나는 모든 일의 원인은 자신으로부터 시작된다고 생각하는 사람이었다. 그래서 지은이의 이야기를 듣고 지은이 편에만 서있을 수 없었다. 나는 교회를 다니는 기독교인이기 때문에 더 이해를 하지 못했을지도 모른다. 지은이는 아마 많이 힘들겠지 하는 생각이 들었지만 문자를 하거나 전화를 하지는 않았다. 어떻게 위로를 해야 할지, 그 위로가 진심이 될수 있을지 걱정되었다. 어떤 말을 해야 할지도 생각이 나지 않았다. 문득 지은이가 나에게 전화를 한 저의가 궁금했다. 나랑은 딱히 친한 것도 아닌데. 누굴 좋아하고 사귄다는 사실도 공유해본 적이 없는데 말이다. 나는 갑자기 지은이가 한심하게 느껴졌다. 무책임하다는 생각을 했다. 지은이의 친구들은 다 공부와는 거리가 멀고 항상 놀고 수업 시간에 자는 친구들이 대부분이었다. 물론 그런 친구들을 무시해도 된다는 소리는 아니다. 그렇지만 그런 친구들과 지내다보니 지은이도 자연스럽게 그렇게 변하고 그 무리 안에서 남자친구를 사귀게 되었겠지. 모두 자기가 선택한 것이다. 그 누구도 지은이에게 그 친구들과 어울리고 남자친구를 사귀라고 강요하지 않았다.

지은이와 통화한 지 이틀이 지난 월요일이었다. 나는 교실로 쉽게 들어갈 수 없었다. 아무래도 지은이를 보면 통화 내용이 생각날 것 같았다. 신경 쓰지 않던 것 하나하나가 다 거슬릴 것 같은, 기분 나쁜 느낌이 그날따라 더 강했다. 나는 심호흡을 한 번 하고 교실로 들어갔다. 엎드려있는 지은이의 등이 보였다. 혹여 고개를 들까 조심히 지은이 자리를 지나 맨 뒷줄 내 자리에 가방을 내려놓았다. 지은이의 뒷모

지하인이 산다

습은 모든 것을 내려놓은 듯 기운이 없어 보였다. 시간이 좀 지나자 아이들은 하나둘씩 반에 들어오기 시작했다. 머리를 덜 말리고 온 아이, 가방 문을 활짝 열고 왔다며 하소연을 하는 아이, 체육복을 입고 털레털레 걸어오는 아이. 아이들이 모두 교실에 올 때까지도 지은이는 일어나지 않았다. 나도 모르게 신경이 쓰였다. 지은이는 임신한 사실을 누구에게도 알리지 않은 것 같았다. 하긴 나 같아도 임신했다고 말하고 다니기 힘들 것 같긴 했다. 아직은 딱 달라붙는 치마를 입어도 티가 나지 않았다. 엎드려있는 지은이는 무슨 생각을 하고 있을까? 아이들이 눈치챌까 봐 엎드려있는 것은 아닐까?

아침 조회를 시작하는 종이 울리고 담임선생님이 들어왔다. 담임선생님은 엎드려있는 지은이를 깨우라고 했다. 그제야 지은이는 뭉그적거리며 일어났다. 많이 울어 눈이 부어있을 것이라 생각했던 내 예상과는 달리 아이라인은 평소처럼 두꺼웠고 코는 진공청소기처럼 여전히 컸다. 임신을 한 아이라고는 눈곱만큼도 알아차릴 수가 없는 표정을 짓고 있었고 오히려 더 밝아진 것 같았다. 더 황당했던 것은 나에게 눈길 한번 주지 않았다는 점이다. 그 애를 걱정했던 내가 오히려 부끄러워질 만큼이나 말이다. 갑자기 화가 났다. 내가 아이들에게 말하면 끝나는 게임이었다. 하지만 내가 말을 할 거라는 생각조차 하지 않는 것처럼 태연한 모습에 배신감이 느껴졌다. 당연히 나는 아이들에게 말을 하지 않았다. 내 일도 아니고 남의 일인데. 나는 종일 지은이를 지켜보았다. 학교에서의 지은이와 그날 전화를 한 지은이는 많이 다른 것 같았다. 한편으로는 다행이라는 생각이 들었다. 괜히 학교에 와서 나에게 아는 척하는, 그런 불편한 일이 생기는 것보다는 평소처럼 지내는 게 나았다. 서로 각자의 친구들과 지내면서 있는 것, 그쪽이 훨씬 낫다.

그날 이후로 지은이는 나에게 연락도, 아는 척도 하지 않았고 나도 그냥 그런대로 지냈다. 가끔씩 지은이의 배를 볼 때마다 신경이 쓰이기는 했다. 기분 탓인지는 모르지만 시간이 지날수록 지은이의 배도 점점 불러오는 것 같다는 느낌을 받았다. 나만 그렇게 느끼는 건지, 반 애들은 전혀 지은이의 배에 대해서 말을 하지 않았다. 한번은 지은이와 화장실에서 마주친 적이 있었다. 나는 화장실에 들어가 손을 씻고 있었고 그때 지은이가 화장실에 들어온 것이다. 나는 거울에 비친 지은이를 보고 당황했다.

"안녕. 지은아?"

어색한 듯 인사를 건네자 지은이도 어색하다는 듯 인사를 했다.

"응. 안녕."

그 이후에 정적이 흘렀다. 서로 아무 말도 하지 않았다. 지은이가 하고 싶은 말이 있었는지 나에게 다가왔다. 그 순간 밖에서 친구들이 내 이름을 크게 불렀다. 나는 도망치듯이 서둘러 밖으로 나왔다. 그때 내 이름을 불러준 친구들에게 고마웠다. 그 어색한 공간에서는 오 초가 오 분 같았다. 나는 친구들의 소리를 듣고 바로 뛰쳐나왔지만 계속 화장실을 바라보았다. 화장실이 점점 멀어져 복도 너머로 보이지 않을 때까지 봤다. 지은이는 나오지 않았다. 아마 계속 화장실에 있었던 것 같았다. 지금 생각해보면 그때 지은이는 내가 화장실 가는 모습을 보고 따라온 것인지도 모른다.

전화를 한 이후로 거의 한 달이 지났는데도 학교에 소문이 퍼지는 일은 없었다. 아마 친구들에게도 말하지 않은 것 같았다. 그럼 나한테는 왜 말한 거지. 계속해서 머릿속에는 질문만 가득했다. 답은 없었다. 나는 지은이에게 해줄 수 있는 것이 없었고 그저 멀리서 걱정을 해주는 것이 다였다. 자신을 피하는 것을 지은이도 느꼈겠지. 하지만 나도 내 나름대로의 최선을 다한 것 같다. 직접적으로 지은이에게 다가가서 위로를 해주지는 않았지만 그것이 어쩌면 내 나름의 배려였다. 내가 할 수 있는 말은 솔직하게 하나밖에 없었으니까.

"지은아, 임신을 한 것에는 너의 책임이 가장 큰 것 같아."

내가 지은이라면 이런 말을 들을 바에 그냥 무시당하는 편이 더 나을 것이라 생각했다.

다음 날부터 지은이가 학교에 나오지 않았다. 담임선생님은 지은이가 몸살에 걸렸다고 했다. 워낙 학교도 잘 빠지는 아이였기에 아이들도 대수롭지 않게 생각했다. 그렇게 생각한 지 일주일이 지나고도 지은이가 학교에 나오지 않자 아이들은 궁금해히기 시작했다. 나는 연락을 해볼까 말까 고민을 했다. 혹시라도 나 때문에 학교를 나오지 않는 것일 수도 있다고 생각했기 때문이다. 얼마 지나지 않아

선생님은 지은이가 이사를 갔다고 말했다. 전학 간 이유에 대해 여러 소문이 있었지만 나는 아무 말도 하지 않았다. 집이 망해서 시골로 이사를 갔다는 둥 아빠 회사가 망해서 이사 갔다는 둥 온갖 이야기들이 들려왔다. 그 애가 학교 선배들에게 못된 짓을 당했다는 소문이 들려왔을 때에는 인상이 찌푸려졌다. 자신이 모르는 일을 함부로 말하는 것은 비겁하다고 생각했다. 모든 소문은 다행히도 금세 가라앉았다. 나도 괜찮아지는 것만 같은 기분이었다.

그런데 며칠 뒤 선생님이 내게 편지 한 통을 건넸다.

"지은이가 이거 너 전해 달라고 하더라. 깜박했네, 미안해."

나는 한 손에 분홍색 편지 봉투를 들고 교무실에서 나왔다. 수업 시작을 알리는 종이 울렸지만 나는 교실에 들어가지 않았다. 그 대신 화장실로 향했다. 가장 끝에 있는 칸에 들어가 문을 걸어 잠갔다. 내 손에 있는 편지를 당장이라도 읽어야 될 것 같은 느낌이었다. 나는 화장실 변기 위에 앉았다. 위아래로 바람이 지나가는 화장실은 서늘했다. 거기 혼자 남아있던 지은이의 마음은 그처럼 차가웠을까? 분홍색 편지 봉투에 붙어있는 스티커를 떼어내자 반듯한 편지지가 보였다. 정확히 네모반듯하게 접힌 편지. 편지를 펼치자 지은이의 삐뚤빼뚤한 글씨들이 보였다. 볼펜으로 쓰다가 많이 틀렸는지 검은색으로 죽죽 그어진 부분이 많았다. 한쪽에는 귀여운 캐릭터 스티커를 붙인 것 같았다. 나는 천천히 지은이의 편지를 읽었다. 무슨 내용인지는 지금 정확히 기억나지 않는다. 다만 전학을 간다

지하인이 산다

는 둥, 그 이야기는 너만 안다는 둥 이런 내용이었다. 나는 편지를 다 읽고 다시 분홍색 편지지 안에 고이 넣었다. 그리고는 그 편지지를 잘게 찢었다. 아무도 알아보지 못하게. 읽지 못하게. 그리고는 변기통에 넣고 물을 내렸다. 변기 물을 내리자 지은이의 편지는 깊숙한 곳으로 흘러내려갔다. 어쩔 수 없었다. 지은이가 임신한 사실은 나만 알고 있다. 그래서 이 편지를 누군가가 본다면 학교에 소문이 날 것이고, 그 애도 나도 곤란해진다. 아마 내가 편지를 찢어버린 것은 지은이도 이해해줄 것이다. 편지 내용은 다 읽었으니 이제는 더 들고 있을 필요가 없었다. 나는 졸업할 때까지 지은이의 비밀을 지킬 것이다. 물론 잊어버리면 더 좋을 것 같았다.

교실로 돌아왔을 때는 수업 시간이 이미 20분이나 지나있었다. 선생님은 왜 늦게 들어왔냐며 혼을 냈다. 나는 죄송하다고 하고 자리로 돌아갔다. 책을 펴고 수업에 집중하려 했다. 그 순간 지은이 편지의 일부가 덜 내려가지 않았을까 하는 걱정이 들기 시작했다. 수업 끝을 알리는 종이 울리자마자 나는 바로 화장실로 달려갔다. 다행히 종잇조각들은 보이지 않았다.

나는 엄마의 뱃속에서부터 교회에 다녔다. 나에게 교회를 가는 것은 하루에 밥을 세 끼 먹는 것만큼이나 당연한 일이었다. 목사님은 항상 천국에 대한 이야기를 해주었다. 천국은 항상 웃음이 가득 넘치는 곳이며, 서로 간의 사랑이 넘치는 곳이라고. 나는 그곳에 꼭 가고 싶다는 생각이 들었다. 목사님은 십계명에 적혀있는 대로 살면 천국에 갈 수 있다고 했다. 지은이가 아이를 낳을 리 없다. 그것은 누구라도 알 수 있는 사실이었다. 하지만 나와는 관계가 없다. 관계가 있어서도 안 된다. 항상 일요일이면 나는 교회에 있었고 내 옆에는 엄마와 아빠가 있었다.

일요일 예배가 끝나면 항상 우리 가족은 외식을 했다. 하루 종일 교회에 있다 보면 밥을 먹을 수 있는 시간이 없기 때문이다. 외식을 할 때마다 나는 소외감을 느낀다. 남들이 들으면 웃기다고 할 수 있겠지. 외식을 하는 것 자체만으로도 사이가 좋은 것 같아 보이니까.

"오늘 성가대 찬양 좋더라."

"지휘자님이 바뀌면서 분위기도 많이 바뀐 것 같더라고."

"그러게. 분위기도 다르고. 성악 전공하셨다던데."

엄마와 아빠의 대화다. 나는 전혀 낄 틈이 없다. 아니지. 틈을 주지 않는다. 나만 모르는 대화를 엄마와 아빠는 자연스럽게 한다. 가끔은 내가 있다는 것을 까먹고 있나 하는 생각이 든다. 옛날에는 그저 섭섭하고 속상했는데 이제는 그냥 아무 말도 하지 않는다.

남들은 우리 가족이 화목하다고 한다. 교회에서도 항상 집사님들은 우리 가족을 보면 칭찬을 아끼지 않는다. 그럴 때마다 엄마는 감사하다며 웃는다. 엄마의 눈에 힘이 들어간다. 억지로 웃을 때면 엄마는 눈에 힘을 준다. 사람들은 모르고 나만 아는 비밀이다. 가족이 화목해 보인다는 것은 칭찬이다. 누구든 그 소리를 들으면 기분이 좋을 것이고. 하지만 나는 아니다. 잘 모르고 하는 소리라는 생각이 든다. 아빠는 주말마다 교회에 청소를 하러 간다. 사람들은 아빠가 가정적인 가장인 줄 알고 있다. 하지만 사실은 그 반대다. 아빠는 집에만 오면 침대와 하나가 되어 절대 일어나는 일이 없다. 엄마는 항상 집안일을 하느라 바쁘다. 집안일을 끝내면 친구들을 만나러 간다고 하면서 자주 밖으로 나가 저녁 늦게 들어온다. 그렇다고 해서 쓸쓸하거나 외롭지는 않다. 익숙하니까. 하지만 가끔 누군가에게 말을 걸고 싶을 때도 있다.

사람들은 가면을 썼다 벗었다 하는 것 같았다. 나로 말하자면 그게 뭔지 잘 모르겠다. 원래 얼굴이 없기 때문인지도 모른다. 나는 가끔 전화 속, 편지 속의 지은이와 학교에서의 지은이가 다른 사람이라는 생각이 들었다. 어느 쪽이 가면인지는 알 수 없었지만. 나는 그래도 울었던 것은 진짜라고 생각한다. 지은이의 전화를 받고 지은이의 이야기를 들었을 때 아무 말도 해주지 못한 것은 미안한 일이다. 하지만 나는 누구에게 조언이 될 만한 말을 잘하지 못한다. 내 주위에는 늘 나보다 바르고 옳은 사람들만 있었다. 그래서 나는 딱히 할 말도, 말을 할 필요도 없었다. 하지만 시간이 지나면서 나는 후회가 되었다. 만약 그때 내가 지은이에게 더 다정하게 다가갔다면 조금이라도 덜 힘들었을 텐데. 혼자 견디기 많이 힘들었겠지? 오죽하면 나한테 이야기했을까. 늦었지만 연락을 해볼까. 왜 그날 이후로 연락이 전혀 오지 않는 걸까?

하지만 이런 생각도 고등학생이 되면서 자연스럽게 잊혀져갔다. 고등학교에서는 생각만큼 내신을 따기 쉽지 않았다. 나는 항상 로봇처럼 학교와 학원만 오갔다. 고등학교 2학년을 마칠 무렵에는 공부 말고 다른 생각은 할 수도 없었다. 공부를 좋아해서 그런 건 아니었다. 하지만 모든 사람들은 공부를 잘해야 한다고 했다. 나 또한 그냥 어른들이 시키는 대로 공부만 했다. 엄마는 공부를 잘하는 것이 당연하다고 생각했다. 나는 그런 엄마의 기준에 맞춰야 했다. 공부를 해야 하는 정확한 이유는 모르겠지만 그게 맞는 길이니까. 반쯤 감긴 눈을 억지로 떠가며 수업을 들을 때였다. 바지 오른쪽 주머니에 있던 휴대폰이 울렸다. 진동이 허벅지까지 전해지는 바람에 잠이 확 달아났다. 나는 선생님 몰래 휴대폰을 꺼내서 확인했다. 모르는 번호였다. 선생님한테 들킬까 다시 집어넣었다. 쉬는 시간이 되어서야 확인을 했다. 어디서 많이 본 번호였다.

"안녕."

누군지 바로 알아채는 내가 스스로도 신기했다. 나도 지은이의 연락을 기다린 걸까. 하지만 막상 연락이 오니 여러 가지 생각이 들었다. 자기가 연락하고 싶을 때 마음대로 하는 걸 보니 나를 만만하게 보는 건가. 아니면 또 무슨 일이 생긴 건가. 우리가 그렇게 친한 것도 아닌데 시시콜콜 나에게 말을 하나. 한동안 지은이의 행방이 궁금하긴 했지만 막상 연락이 오니 어떻게 해야 할지 알 수 없었다.

다시 수업이 시작되었지만 머릿속은 온통 혼란스러웠다. 나는 낙

태를 한 사람과 이야기를 나누고 싶지 않아. 십계명에도 죄라고 나와 있다. 하지만 그렇다고 내가 지은이를 무시하면 지은이의 손은 누가 잡아줄까. 내가 이 문자에 답장을 하면 지은이는 나에게 작은 기대를 할 것이다. 솔직히 나는 지은이의 기대에 미칠 자신이 없었다. 나도 살기 벅차다. 학교도 가야 하고 시험 준비, 수행 준비 등 너무나도 많은 것들이 나를 누르고 있다. 지금 누군가를 신경 쓸 틈이 없다. 나 스스로도 느낀다. 나는 좋은 삶을 살아야 했다. 엄마와 아빠가 추구하는 삶을. 그런데 그건 정말로 내가 원하는 삶이었을까? 어쩌면 나에게 있는 건 아무것도 없는 것 같았다. 텅텅 비어있는 나. 중학교 때 한심하다며 욕했던 친구들이 생각났다. 어쩌면 그렇게 노는 친구들이 부러웠는지도 모른다. 나는 그 친구들처럼 정말 원하는 삶을 살아본 적이 없었기 때문이다.

나는 결국 지은이의 문자를 삭제했다. 나 하나도 견디기 힘든 지금, 누군가에게 신경 쓸 여유 따위 없었다. 지은이에게 미안한 마음이 드는 것도 아까웠다. 미안한 마음이 없던 것은 아니지만 말이다. 나는 끝내 답장하지 않았다. 그리고 지은이의 문자를 지워버렸다. 지은이는 계속해서 나의 답장을 기다릴 것이다. 하지만 나는 무시를 할 수밖에 없다. 그게 맞는 것이다. 우리는 각자 갈 길을 가면서 서로를 잊을 것이다. 하지만 이런 생각이 드는 것은 멈출 수가 없었다. 내가 지은이의 연락을 받아줬으면 지은이와 나는 좋은 친구가 되었을까. 아니, 내가 지은이를 이해할 수 있었을까. 올바른 삶에서 나는 벗어나게 되었을까. 지은이의 선택은 정말로 틀렸던 걸까.

자려고 누웠지만 잠이 오지 않았다. 지은이가 어떻게 살고 있는지 궁금했다. 나는 컴퓨터를 켜고 페이스북을 띄웠다. 가입은 했지만 한번도 SNS를 해본 적은 없다. 아빠는 늘 SNS 따위는 인생을 낭비하는 사람들이나 하는 짓이라고 했다. 지은이의 이름과 정보를 검색하자 어렵지 않게 그 애의 정보를 찾아볼 수 있었다. 전학을 가고도 많은 사진을 올린 듯했다. 지은이의 사진을 봤다. 전처럼 환한 웃음이었다. 벌써 적응한 것 같았다. 어떻게 그런 일을 겪고도 저렇게 웃을 수 있지? 나는 스크롤을 빠르게 내리며 역시 연락을 안 하길 잘했다고 생각했다. 그런데 사진을 보던 중 두세 살쯤 되어 보이는 어린아이가 보였다. 지은이는 그 아이와 함께 환하게 웃고 있었다. 그 순간 나도 모르게 인터넷 창을 모두 끄고 말았다. 그 아이가 누구인지, 나는 알고 싶지 않았다.

나는 컴퓨터를 끄고 침대에 누웠다. 심장이 사정없이 뛰었다. 나는 머릿속으로 영어 단어를 외웠다. 자야 했다. 학원 모의고사 시험 공부도 해야 하고 밀린 인터넷 강의도 들어야 한다. 그러니 지은이 생각은 이제 그만해야 한다. 하지만 그럴수록 정신은 더 또렷해지기만 했다. 나는 이불 속에 웅크려 울음을 참았다. 누군가에게 전화를 걸어서 울고 싶은 밤이었다.

　　　　　　　　　　　　　　　　　　　지하인이 산다

허물 **;**

;

준서와 나는 시험장 앞에서 만났다. 시에서 실시하는 고교논술대
회였다. 준서는 파란 셔츠에 검은색 바지를 입고 엉거주춤하게 시험
장 입구 구석에 서있었다.

"준비는 잘했지? 나는 떨려서 잠을 못 잤네."

나는 준서의 어깨를 툭툭 치며 물었다. 준서는 푹 숙인 고개를 살
짝 끄떡거렸다.

"에이, 준서야. 누가 보면 내가 억지로 시키는 줄 알겠네. 이제 와
서 안 한다고 하는 건 아니지?"

나는 준서에게 얼굴을 들이밀고 씨익 웃었다. 준서는 여전히 고개
를 들지 않은 채 고개를 좌우로 흔들었다. 나는 준서에게 어깨동무
를 하고 시험장 안으로 들어갔다.

지하인이 산다

준서를 소개하자면 내 대타다. 일명 시험대타라고 할 수 있다. 원래는 내 노예였다. 내가 배고프다고 하면 매점에 가서 먹을 것을 사오고, 체육복에서 냄새가 나면 체육복을 빨아 오고, 뭐 이런 일들을 했다. 내가 심심할 때면 샌드백 역할도 했는데 타격감이 꽤 괜찮았다. 녀석은 한번도 나에게 반항을 하지 않았다. 그 사실이 가끔은 짜증나기도 했다. 하루는 녀석을 그냥 노예로 부려먹기에는 조금 아깝다는 생각이 들었다. 준서는 보기와는 다르게 잘하는 게 많았다. 공부는 못하지만 책을 많이 읽고 글쓰기를 좋아해서 독서논술 관련 대회만 나갔다 하면 상을 탔다. 반대로 나는 딱 한 가지, 학생부종합전형을 지원하기에는 수상실적이 부족하다. 성적, 동아리활동, 독서활동, 해외봉사, 자격증 등 모든 것이 완벽한 내 학생부에서 수상실적란이 비워져있다는 것은 말도 안 되는 일이다. 나는 준서를 괴롭히지 않기로 약속하는 대신 준서에게 대리시험을 쳐달라고 부탁했다. 뭐, 순수하게 부탁한 것뿐이다. 서로 도움을 주면 좋은 거 아닌가.

"자, 여기 내 학생증. 이건 네가 가지고 들어가."

나는 주위를 한 번 둘러보고는 밤새도록 만든 가짜 학생증을 준서에게 내밀었다. 준서와 내 학생증 사진을 교묘하게 서로 바꾸어둔 것이다. 만일의 사태를 대비하여 나는 준서의 이름으로, 준서는 내 이름으로 각자의 시험장에서 시험을 보기로 했다.

"걸리면 어쩌지?"

준서는 내 학생증을 들고 말했다.

"겁쟁이네. 안 걸려. 만약 걸리면 그때 가서 생각해보지 뭐. 너는 다른 생각하지 말고 상 탈 생각이나 해."

논술시험의 주제는 인공지능이었다. 나는 인터넷 댓글에서 본 내용들을 대충 적었다. 조금 어려운 주제이긴 했지만 책을 많이 읽은 준서에게는 큰 문제가 되지 않을 것 같았다.

일주일 뒤, 시상식에 참석하라는 문자가 왔다.

"준서, 이 새끼. 진작 써먹을걸. 이런 걸 잘하면 잘한다고 말을 했어야지. 어쨌든 기분이니까 내가 한턱 쏜다. 뭐 먹고 싶은 거 있냐?"

나는 준서에게 어깨동무를 하기 위해 손을 올렸다. 준서는 순간 몸을 움찔하며 고개를 숙였다.

"왜 이렇게 놀라. 이제 우리 친구잖아. 친구. 너 친구가 무슨 의미인지는 알지?"

준서는 대답 대신 고개를 끄덕였다. 고개는 여전히 숙이고 있었다. 나는 준서에게 어깨동무를 했다. 잘난 척도 하지 않다니. 역시 마음에 들었다. 하여튼 준서는 정말 쓸모 있는 친구다.

그날 이후 준서와 나는 수많은 대회를 함께 나갔다. 내 수상실적란은 조금씩 더 채워져갔다. 그런데 어느 날, 녀석이 까불기 시작했다.

"게시판 봤지? 이번엔 독서퀴즈대회야."

화장실에 가는 준서를 붙잡고 나는 말했다. 준서는 고개를 들고 내 눈을 똑바로 쳐다보며 이렇게 말했다.

"나 돈이 좀 필요한데. 한 오십만 원 정도면 돼."

나는 내 귀를 의심하며 준서를 빤히 쳐다봤다.

"없어? 오십만 원."

준서는 아무렇지도 않다는 듯 다시 말했다. 나는 녀석을 세게 밀치고 조용히 말했다.

"정신 나갔냐? 요즘 좀 봐줬더니 내가 만만해? 오십만 원? 맞고 싶어서 환장했냐? 옛날이었으면 너는 벌써 뒤졌어."

"그러게. 옛날 같았으면 이미 뒤졌겠지."

준서는 눈 한번 깜빡하지 않고 말했다. 당황스러워서 말도 나오지 않았다.

"네가 여태까지 받은 상들 다 가짜라는 거, 나만 알고 있는 거 맞지?"

준서는 예리한 눈으로 나를 보며 말했다. 한순간에 다른 사람이 된 것 같았다.

"방과 후까지 시간 줄게. 잘 생각해봐."

준서는 내 귀에 속삭이고 교실로 사라졌다. 순간 온몸에 소름이 돋는 것 같은 느낌이 들었다. 빵을 사 오라고 하면 말 한마디 못하고 빵을 사러 가던, 책이 없다고 하면 자기 책을 내밀고 벌을 대신 받았던 준서였다. 나는 주먹으로 벽을 쳤다. 화가 조금 가라앉자 나는 나의 깊은 곳에서부터 스멀스멀 피어오르는 두려움의 냄새를 맡았다.

방과 후, 우리는 사람이 잘 다니지 않는 체육관 뒤쪽에서 만나기로 했다.

"생각은 해봤어?"

준서는 얄밉게 웃으며 말했다.

"내가 그렇게 큰돈이 어디 있어. 급하게 필요한 거면 내가 조금은 빌려줄 수도 있어."

"지금 당장 나는 오십만 원을 가져야겠어."

"없으면 어떡해? 설마 일러바치려는 건 아니지? 설마. 우린 친군데."

나는 최대한 당황하지 않은 척 담담하게 말했다.

"우리가 친구였는지는 몰랐네."

준서는 대답 대신 이렇게 말했다.

"그래서 지금 너는 말하겠다는 거지? 마음대로 해. 사람들이 네 말을 믿을까?"

"믿을 수밖에 없게 될 거야."

"증거도 없으면서."

나는 떨리는 목소리를 애써 감추며 되물었다. 준서는 아무런 말도 하지 않고 휴대폰을 꺼내 내 앞으로 내밀었다. 휴대폰 안에서는 내

지하인이 산다

목소리가 들렸다.

"네가 나 대신 나갔던 대회에서 어제 일등 했다고 문자 왔어. 고맙다, 야."

온몸의 근육이 마비된 것 같았다. 나는 황급히 휴대폰을 빼앗으려고 했다. 하지만 준서는 재빠르게 휴대폰을 주머니에 넣고 말했다.

"빼앗아도 소용없어. 이미 파일은 다 컴퓨터에 저장해놨으니까."

"진짜 치밀하네. 대단하다, 야."

나는 천천히 준서에게 다가가며 말했다. 준서는 꼼짝도 하지 않고 나를 노려보았다.

"말하고 싶으면 해도 되긴 하는데, 말한다고 이득 되는 것도 없잖아. 그치?"

나는 억지로 실실 웃으며 말했다. 하지만 준서는 여전히 굳은 얼굴로 서있었다.

"진짜 어떻게 안 되겠냐. 부탁이다. 요즘 내가 너한테 잘해줬잖아. 알지? 우리 아빠 교육청에서 일해. 이 사실 알게 되면 나 진짜 죽어. 제발 내 사정 한번만 봐주라. 응?"

나는 준서의 팔목을 잡고 흔들며 말했다. 준서는 그제야 나를 보며 피식 웃었다. 준서가 웃는 순간 나는 마음이 한시름 놓이는 것 같았다. 하지만 준서의 웃음은 다른 의미였다.

"그러니까. 너희 아빠 교육청에서 일하잖아. 이 사실을 알게 되면 어떻게 될까?"

준서는 대답 대신 오히려 질문을 했다. 나는 아무 말도 할 수 없었다. 주위를 잘 살피고 나는 무릎을 땅에 박았다. 전날 비가 와서인지 무른 땅은 축축하고 돌들이 무릎을 파고드는 것 같았다. 고개를 들었을 때, 나는 준서가 나를 내려다보고 있는 것을 보았다.

"비밀로 해줘. 내가 대신에 뭐든 다 할게. 응? 제발."

준서는 나에게 얼굴을 들이밀며 이렇게 말했다.

"누가 보면 내가 협박하는 줄 알겠다."

내가 항상 준서한테 했던 말인데 이런 식으로 듣게 되자 정말 비참했다.

"이 이야기는 다시 천천히 해보자. 일단 다음 대회는 나갈게. 나름 재미있으니까."

"대회는 이제 안 나가도 돼. 괜찮아. 내가 나갈게."

나는 준서를 올려다보며 말했다. 준서가 대회를 또 나간다면 또 약점을 잡히는 셈이 된다.

"에이, 나가야지. 약속했잖아. 대신 나가기로. 그리고 내가 나가야 상 탈 수 있지 않아?"

준서는 내 어깨를 두드리며 말했다. 나는 눈을 질끈 감았다. 막을 수 있는 방법이 없었다. 내 학생증은 이미 걔한테 있고 대회까지 신청을 했으니. 준서의 발소리가 점점 멀어졌다. 나는 한참이 지나서야 자리에서 일어났다.

　　　　　　　　　　　지하인이 산다

시상식 날이었다. 나는 옷을 차려입고 단상 위에 올라갔다. 무대 아래에서 엄마와 아빠는 한 손에 꽃다발을 든 채 자랑스럽다는 눈으로 나를 쳐다보고 있었다. 무대 위에 올라서니 모든 사람들의 시선은 나를 향해 있었다. 곳곳에 있는 카메라들도 나에게 집중되어 있었다. 문화체육부장관이 나에게 상장을 내밀었다. 나는 박현수라고 적혀있는 상장을 받았다. 엄마가 나를 올려다보며 환하게 웃고 있는 동안 아빠가 무대로 올라와 나에게 꽃다발을 주며 말했다.

"역시 내 아들. 나 닮아서 뭐든 잘하네."

아빠의 눈에는 눈물이 조금 고여있었다. 나는 행복했다. 나의 자리는 영원히 무대 위일 것만 같았다. 카메라 셔터들이 나를 향해 빛을 뿜어댔다. 눈이 부셨다. 그 빛들 사이, 나는 누군가를 보았다. 준서였다. 나를 향해 웃고 있었다. 나는 나도 모르게 상장을 뒤로 감추었다.

"자, 웃으세요."

사진기사가 내게 말했다. 나는 카메라를 향해 웃어 보였다. 준서의 눈이 나에게 '넌 가짜야, 넌 가짜야'라고 말하는 것만 같았다. 입꼬리가 자꾸만 무거워졌다. 껍데기만 남은 채 나는 계속해서 웃음을 짓고 있었다.

혼밥 **;**

구상 한강백일장 장원 수상작

;

　집에 들어갔을 때 나를 기다리는 것은 엄마가 아니라 돈이다. 나는 식탁에 덩그러니 놓인 돈을 힐끔 쳐다보고는 방으로 들어갔다. 오늘도 엄마는 늦을 모양이다. 나는 교복을 갈아입지도 않고 침대에 가서 누웠다. 씻지 않고 누워도 잔소리하는 사람이 없으니 편했다. 나는 가만히 누워 천장을 보았다. 새로 바뀐 벽지가 답답할 만큼 하얬다. 이 집의 불순물이라고는 나뿐인 것 같았다.

　까무룩 잠이 들려 할 때였다. 어디선가 작게 수군거리는 소리가 들려왔다. 나는 침대에서 일어나 주위를 두리번거렸다. 아무리 둘러봐도 소리가 들릴 만한 곳은 찾을 수 없었다. 잘못 들은 것이라 생각하고는 다시 누웠다. 하지만 이번에는 소리가 더 가까이 들렸다. 나는 소리가 나는 쪽으로 귀를 갖다 댔다. 작은 구멍이었다. 머리맡

　　　　　　　　　　　지하인이 산다

에 작게 자리 잡은 구멍에서 소리가 새어 나오고 있었던 것이다. 엄마가 이걸 보면 뭐라고 할지 보지 않아도 알 수 있었다. 엄마는 인상을 찌푸리며 당장이라도 이 구멍을 막을 것이다. 그런 성가신 상황은 질색이다. 나는 휴지를 돌돌 말아 구멍에 끼워 넣었다. 더 이상 소리는 들려오지 않았다.

다시 소리가 들려온 것은 일주일 후의 일이었다. 웅성거리는 소리가 또다시 들려왔다. 나는 침대 끝 쪽에 있는 구멍을 봤다. 휴지는 빠져있었다. 나는 그 구멍으로 귀를 갖다 댔다. 옆집 소리가 들렸다. 꽤 시끌벅적했다. 가족끼리 모여있는 것일까. 대화는 꽤 평범했다. 학교 이야기, 회사 이야기 등 평범한 가족들이 나누는 그저 그런 대화였다. 이상하게도 자꾸만 귀가 기울여졌다. 결국 나는 그들의 대화가 끝날 때까지 엿들었다. 당분간은 그 구멍을 막지 않아도 될 것 같다는 생각이 들었다.

그날 이후 나는 습관적으로 옆집의 이야기를 들었다. 목소리를 듣는 것만으로도 그 가족들의 모습이 그려지는 것 같았다. 세 명의 사람들이 살고 있었다. 옆집의 대화를 들으면 들을수록 마치 내가 그 가족의 일원이 된 것 같은 기분이 들었다. 나는 자꾸만 그들과의 시간이 기다려졌다.

매일 저녁 나는 그들과 함께 식사를 했다. 한 달 동안 단 하루도 내 진짜 가족과 밥을 먹은 날이 없었다. 부모님을 불러본 적도 오래

된 것 같았다. 전에는 아무렇지도 않았던 일인데.

나의 일상은 점점 그들에게 맞춰졌다. 처음부터 내가 그들의 대화를 엿들으려고 했던 것은 아니다. 사실 엿들었다는 말도 정확하지 않다. 그저 침대에 가만히 누워있어도 들렸으니까. 처음에는 시간 때우기 좋은 방법이라는 생각뿐이었다.

하지만 계속해서 그 가족들이 하는 대화가 기다려졌고 그다음에는 부러웠고 그다음에는 내가 그 가족의 일원이 되고 싶었다. 그 희망은 사실이 된 것처럼 느껴졌고 나는 그들의 가족이 된 것만 같았다. 침대에 누워 눈을 감고 그들의 모습을 그리고 그 사이에 있는 나를 상상하고는 했다.

어느 날 방에 있는데 엄마가 들어왔다. 엄마는 나에 대해서 궁금해하지 않았다. 대신 이렇게 물었다.

"너 벽에 그거 뭐니?"

구멍을 보고 하는 이야기였다.

"아무것도 아니야."

나는 베개로 구멍을 막으며 말했다. 엄마는 신경질적으로 베개를 바닥에 던지며 말했다.

"내일 사람 불러서 막을 거니까 그렇게 알아."

엄마는 방문을 쾅 닫고 나갔다. 순간 방에 물이 가득 차오르는 것

지하인이 산다

같았다. 그 물은 점점 차올랐고 어느새 내 목까지 잠겨있었다. 발버둥을 쳐봐도 달라지는 것은 아무것도 없었다. 문을 열고 싶었지만 문은 굳게 닫혀있었다.

　나는 그들과의 마지막 식사 준비를 했다. 그날도 평소와 다를 것이 없었다. 그런 모습이 더 고마웠다. 앞으로 그들은 그렇게 살아갈 것이다. 그것이 부러웠다. 나는 그들과 함께 밥을 먹기 시작했다. 벽 너머에서는 자꾸 웃음소리가 들려왔다. 다시 혼자가 된다는 것이 두려웠다. 밥을 목구멍으로 넘기는 순간 눈물이 차올랐다. 나는 입을 막고 울음을 참았다.

　내일이 되면 나는 혼자가 된다. 또 혼자 밥을 먹겠지. 괜찮다. 지금까지 그래왔으니까. 아무렇지도 않다.

골목 ;

;

문이 열리면 종이 울린다. 이제는 종소리만 들어도 저절로 허리가 굽혀진다. 나는 문을 향해 깍듯하게 인사를 한다. 누가 들어오는지 도 모른 채. 사장님은 감시라도 하듯 사무실 앞에 자리를 잡고 앉아 나를 지켜보고 있다. 내가 처음 출근한 날, 사장님은 나를 뽑은 이 유에 대해 이렇게 말했다.

"민지가 교복을 입고 딱 당구장에 들어왔을 때, 아무것도 모르는 표정으로 그저 해맑게 웃는 모습이 너무 예뻤어. 예쁜 꽃 주변에 벌 들이 많이 꼬이잖아. 무슨 뜻인지 알지? 민지는 우리 당구장의 꽃 같은 존재야. 예쁘게, 그저 예쁘게 웃으면 돼."

뭐라고 대답해야 할지 몰라서 나는 '예쁘게' 웃었다. 나 같은 고등 학생이 주말 아르바이트를 구하는 건 쉽지 않은 일이니까. 게다가 당구장은 다른 아르바이트에 비해 일이 쉬운 편에 속했다. 당구장 일은 나랑 정말 잘 맞았다. 사람들과 이야기하는 것도 재미있었고 가끔 아저씨들이 팁이라며 찔러주는 돈도 좋았다. 사장님은 내가 실수를 해도 뭐라고 하지 않았다. 다만 내 표정이 조금만 어두워지면 웃는 게 그렇게 어려운 일이냐며 다그치곤 했다. 언제까지나 '예쁘게' 웃는 내 모습을 기대했던 걸까. 그럼 '예쁘게' 웃지 않는 나는 당구장에 필요가 없는 건가. 이런저런 생각을 하다 보면 시간은 흘러가고, 어느덧 오후 세 시. 그들이 올 시간이 된다.

★

토요일 오후 세 시. 문이 열리고 세 명의 오빠들이 들어왔다. 나는 고개를 숙이며 인사를 하는 대신 손을 흔들고 살짝 웃어 보였다. 언제나처럼 오빠들은 맨 끝 당구대에 자리를 잡았고, 나는 종이컵에 김이 빠진 콜라를 따라 오빠들에게 갔다.

"민지, 일주일 동안 무슨 일 있었어? 더 못생겨진 것 같은데."

기춘 오빠는 장난기 가득한 목소리로 말했다. 내가 살짝 웃으며 테이블 위에 음료수를 내려놓자 기춘 오빠는 통통한 손으로 컵을 들어 콜라를 벌컥벌컥 마셨다. 기춘 오빠는 늘 나에게 장난을 걸곤

하지만 나는 그런 장난이 싫지 않았다.

"적어도 네가 민지한테 할 소리는 아닌 것 같은데." 당구장 벽에 붙은 거울을 보던 성모 오빠가 말했다. 일주일 만에 머리 색이 또 바뀌어있었다. 이번에는 회색이었다. 내 시선을 느꼈는지 성모 오빠는 머리카락 끝을 만지작거리며 말했다.

"조금 할아버지 같나? 저번에 했던 빨간색이 더 나아?"

"나쁘지 않은 것 같은데?"

대꾸하고 카운터로 돌아가려는 나에게 성모 오빠는 시시콜콜한 이야기를 늘어놓기 시작했다. 새 오토바이를 샀다는 둥, 다섯 살 연상의 직장인 누나와 만나고 있다는 둥, 대학에서 춤 동아리에 가입했다는 둥, 아침에 늦잠 자서 교수님께 혼이 났다는 둥. 마치 일기를 쓰듯 일주일의 일과를 보고했다. 그때 기춘 오빠가 말을 끊었다.

"그나저나 민지 너, 알바 그만둔다며? 왜? 여기 시급도 좋고 사장님도 잘해주잖아. 이런 알바 놓치면 후회할 거다. 잘 생각해."

그 사실을 모르는 건 아니다. 하지만 이유가 따로 있다고 말할 수는 없는 상황이니까. 나는 대답 대신 살짝 웃어 보였다.

"민지도 이제 고3이니까, 시간이 없겠지."

승준 오빠가 당구채 끄트머리에 초크를 문지르며 말했다. 여전히 다정하고 차분한 말투였다. 목소리를 듣자 갑자기 심장이 두근거렸다. 그러지 않으려고 했는데 자꾸만 복잡한 마음이 차고 올라오는 것 같았다. 나는 애써 떨리는 마음을 진정시키며 오빠의 말에 고개

지하인이 산다

를 끄덕였다.

"그래도 막상 그만둔다고 하니까 아쉽기는 하다." 승준 오빠는 나와 눈을 마주치며 싱긋 웃었다. 나도 미소를 보냈다.

"아쉽네. 후임 구하기 전까지 주말 내내 민지 보러 당구장에 있어야겠는데?"

기춘 오빠는 공의 각도를 계산하는 듯 한쪽 눈을 감고 말했다. 나는 사장님 핑계를 대며 자리를 피했다. 더 있다가는 오빠들 대화에 말려들어갈 것 같았다.

얼마 지나지 않아 기춘 오빠와 성모 오빠는 담배를 피우러 밖으로 나갔다. 남아있는 사람은 승준 오빠뿐이었다. 나는 못 본 척하며 바닥을 쓸고 있었다. 힐끗 보니 승준 오빠가 내게 다가오고 있었다. 오빠가 가까이 올수록 가슴이 조여드는 것 같았다.

"알바 진짜 그만두려고?"

오빠는 손을 뻗어 내 어깨에 손을 올리려고 했다. 나는 흠칫 놀라며 고개를 숙였다. 오빠는 놀란 내 모습에 피식 웃으며 말했다.

"오늘 몇 시에 끝나? 데려다줄까?"

오빠는 다정한 말투로 말했다. 그제야 나는 고개를 들고 오빠를 쳐다봤다. 오빠의 눈동자는 흔들림이 없었다.

"오빠, 그날…" 나는 오빠를 쳐다보며 입을 열었다. 그때 당구장 문이 열리며 오빠들이 들어왔다.

"우리 없는 틈타서 이러고 있었네." 화성 오빠는 의심하는 눈빛을 보내며 말했다. 나는 걸레를 탁탁 털어 화장실로 들어갔다.

그날 아르바이트가 모두 끝나 퇴근할 무렵, 나는 사무실에 들어가 돈 계산을 하고 있는 사장님께 조심스럽게 물었다.

"사장님, 후임은 언제쯤 구해지나요?"

사장님은 손가락에 침을 묻혀 돈을 세면서 내 쪽은 쳐다보지도 않고 대답했다.

"구하고 있기는 하지. 그런데 민지같이 예쁘고 싹싹한 사람이 없어. 조금만 더 기다려봐."

달래는 듯한 말투였다. 나는 한숨을 쉬며 당구장을 나왔다. 한참을 걷다 보니 골목이 나왔다. 골목으로 가면 10분 만에 집에 도착할 수 있다. 하지만 나는 골목을 지나쳐 큰길로 돌아갔다.

집에 도착하니 12시가 훌쩍 넘어있었다. 언니가 왜 이렇게 늦었냐고 잔소리를 했지만 나는 아무런 대꾸도 하지 않고 바로 방으로 들어갔다. 옷을 갈아입지도 않고 침대에 누웠다. 눈을 감고 있으니 하루 종일 쌓인 피로가 한꺼번에 밀려왔다. 조용했다. 정적을 깨고 휴대폰에서 메신저 알림이 떴다. 승준 오빠였다. 나는 확인도 하지 않고 메신저를 탈퇴했다. 그동안 우리가 나눈 대화도 모두 사라졌다. 오빠와 이야기를 나눌 마음의 준비가 필요했다. 더 솔직하게는 오빠와 이야기하고 싶지 않았다. 나는 침대에 누워 깜깜한 천장을 보며 천천히 숨을 들이마셨다. 그때 시끄럽게 휴대폰이 울렸다. 이번에는 전화였다. 나는 떨리는 손으로 전화기를 잡았다. 메신저는 탈퇴했다

　　　　　　　　　　　　　　　　　지하인이 산다

고 하면 그만이지만 전화는 그렇지 않으니까.

"치킨 먹어."

그때 방문이 벌컥 열리고 언니가 외쳤다. 나는 울리는 휴대폰을 베개 아래 넣어두고 거실로 나갔다. 형광등 탓에 눈이 찌푸려졌다. 나와 언니는 거실 한가운데 닭다리를 하나씩 들고 앉았다.

"진짜 그만두려고? 왜? 너 되게 좋아했잖아. 당구장 알바 편하고 좋다면서."

언니는 손가락을 쪽쪽 빨며 말했다. 나는 고개를 끄덕였다.

"그러면 후임 구하겠네? 너 관두면 나 할래."

언니는 기대에 찬 목소리로 말했다.

"안 돼. 절대 하지 마." 나는 입에 넣으려던 치킨을 내려놓으며 말했다. 언니는 미간을 찌푸리고 나를 쳐다봤다. 나는 언니의 시선을 피하며 말했다.

"다른 알바도 많잖아. 다른 거 해. 왜 내가 했던 곳에서 하려고 해." "네가 당구장 알바가 제일 좋고 편하다면서. 그리고 당구장에는 잘생긴 사람도 많을 거 아냐. 나 이제 시간도 많은데."

언니는 내 옆구리를 찌르며 말했다.

"안 돼. 내가 그만뒀는데 언니가 하는 건 좀 웃기잖아. 그냥 다른 알바 해. 할 사람도 구한 것 같단 말이야." 나는 이 대화가 빨리 다른 주제로 넘어가기를 바랐다. 하지만 언니는 아닌 모양이었다.

"하여튼 너는 뭐든 책임감을 좀 갖고 살라고. 알바든 공부든. 시작한 지 얼마 지나지도 않았는데 알바 그만두는 것도 난 좀 그래. 너 사장님한테 꾸준히 한다고 했잖아. 그런데 삼 개월 만에 그만둬? 사람이 그렇게 왔다갔다하면 안 되는 거야. 지금은 학생이라서 네가 쉽게 생각하는 모양인데 성인 돼서까지 그러면 아무것도 못 해. 사장님 입장이 얼마나 곤란하겠어. 알바를 구하는 게 쉬운 일도 아니고." 언니는 쉬지 않고 치킨을 먹으며 잔소리를 이어갔다. 정말이지 아무런 말도 할 수 없었다. 여기서 내가 무슨 말을 하든지 언니는 믿지 않을 게 분명하니까.

"너 알바 하면서 즐거워했잖아. 무슨 일 있었어? 왜 그러는 거야? 정말 말 안 할 거야?"

언니는 나를 똑바로 쳐다보며 말했다. 언니의 눈동자 속에 비친 내 모습은 한없이 작아 보였다. 내가 여기서 입을 열면 어떻게 되는 걸까. 무서웠다. 하지만 지금이 아니면 말할 수 없을 것만 같았다. 나는 천천히 입을 열기 시작했다.

★

오빠들은 언제나 토요일 세 시쯤 당구장에 왔다. 처음에 나는 그 세 사람이 친구라는 사실이 믿기지 않았다. 성격도, 옷차림도, 말투도 모두 달랐으니까. 오빠들의 유일한 공통점은 당구를 좋아한다는 것이었다. 오빠들은 짓궂을 때도 있었지만 내게 무척 잘 대해주었다. 그래서 나는 오빠들이 오는 시간이 조금은 기다려지기도 했다. 대학생 오빠들과 친해진다는 것은 나름 기분 좋은 일이기도 했고. 길에서 친구들과 걸을 때 우연히 승준 오빠를 마주친 적이 있었는데 애들이 모두 오빠를 소개시켜달라고 난리였다. 하지만 나는 딱 잘라 거절했다. 내심 승준 오빠가 좋았기 때문이다. 기춘 오빠와 성모 오빠가 담배를 피우러 가면 승준 오빠는 심심하다며 내게 말을 걸었다. 공부하고 일하느라 힘들겠다며 위로해주고 고민상담도 해주었다. 다른 애들에게는 비밀이라며 휴대폰 번호를 교환하기도 했는데 괜히 비밀연애를 하는 것 같아 짜릿한 기분이 들었다. 우리는 점점 더 친해졌고 알바가 끝나는 시간에 맞춰 승준 오빠가 나를 집에 데려다주는 날도 늘어갔다. 그날도 일이 끝나고 집에 가려는데 승준 오빠가 나를 기다리고 있었다. 오빠는 얼른 가자며 내 어깨에 팔을 둘렀다. 오빠에게서 미약하게 술 냄새가 났다. 나는 크게 신경쓰지 않았다. 성인이라면 누구나 술을 마실 수 있는 거니까. 우리는 도란도란 이야기를 하며 길을 걸어갔다. 골목은 언제나처럼 어둡고 인적이 없었지만 오빠와 같이 있으니 나는 괜히 든든했다. 골목 중간쯤 다다랐을 때, 오빠는 갑자기 걸음을 멈췄다.

"오빠, 왜 그래?"

나는 오빠를 올려다보며 말했다. 어두워서 오빠의 얼굴이 자세히 보이지 않았지만 나를 쳐다보고 있는 것 같았다. 오빠는 내 팔목을 잡더니 다른 골목 깊숙한 곳으로 이끌었다. 집으로 가는 반대 방향이었다.

"여기 아닌데. 어디 가?"

내 말이 끝나자마자 오빠는 내 얼굴을 잡고 키스를 하기 시작했다. 나는 너무 놀라 도망치려 했지만 뒤는 벽이었다. 버둥거릴수록 오빠는 내 어깨를 더욱 세게 잡았다. 몇 번 힘을 주니 온몸에 기운이 빠지는 것 같았다. 오빠의 손은 점점 아래로 내려왔다. 한 손은 가슴을 잡고, 한 손은 내 입을 막았다. 오빠의 손은 내 몸 위를 제멋대로 돌아다녔다. 몇 분이 지나자 오빠는 나를 놔주었다. 나는 아무런 말도 하지 않았다. 그대로 방향을 틀어 집으로 뛰어갔다.

온몸이 덜덜 떨렸다. 잘 다녀왔냐고 묻는 엄마의 말에 대충 대꾸하고 나는 방문을 잠갔다. 그리고 불을 모두 끄고 침대에 엎드려 모든 경우의 수를 생각하기 시작했다. 아까 술 냄새가 나던데 오빠가 술에 취했던 걸까. 제정신이 아니었겠지? 실수일 거야. 그럴 것이다. 오빠는 그런 사람이 아니니까. 승준 오빠는 좋은 대학에서 장학금을 받으며 학교를 다니고 교수님들 사이에서도 인기가 많다고 했다. 공부도 잘해서 학생들 과외도 봐준다고 했다. 나중에 나도 과외를 해준다고 했고. 오빠를 좋아하는 건 맞다. 하지만 그렇다고 해서 모든 것을 이해하는 건 아니다. 오빠의 행동에 당황스러웠던 건 사실이니까. 오빠도 나를 좋아해서 그런 거겠지. 가슴을 만지려고 한 건 실수로 스쳤을지도 모르는 거니까. 오빠를 믿고 싶었다. 무엇보다 오빠는 사람 마음 가지고 장난치는 사람은 아니니까. 내일이면 나한테 다시 연락이 와서 뭐라고 말을 하겠지. 그럼 나는 뭐라고 대답해야 하지. 머릿속이 복잡해졌다. 조금은 오빠가 모른 척하기를 바라는 건가. 골목에서 있었던 일은 아무에게도 말할 수 없을 것 같았다.

그 순간 오빠에게서 연락이 왔다. 집에 잘 들어갔냐는 것이었다. 태연한 오빠의 행동이 놀랍기는 했지만 심각하게 받아들이지 않았다. 오빠가 그렇게 하니까 정말 아무 일도 아니었던 것 같다는 생각이 들었다. 그렇게 심각한 문제라고 생각하지도 않았다. 어쩌면 그렇게 생각하기 싫었을지도 모른다. 나는 잘 도착했다는 답장을 하고 그대로 잠이 들었다.

다음 날 오빠는 당구장 앞에서 나를 기다리고 있었다. 할 말이 있다는 것이다. 나는 조금은 안심했다. 어제 일에 대해 해명을 하러 온 것이 분명했다. 역시 오빠는 사람 마음 가지고 장난칠 사람이 아니라는 생각이 들었다.

"조금 걸을까?"

나는 고개를 끄덕였다. 이렇게 다정한 오빠가 나를 이용하려 했다고 의심했던 것이 미안했다. 그날 오빠 행동은 실수였던 게 분명했다. 나와 오빠는 아무 말도 없이 천천히 걷기 시작했다. 어째서인지 오빠가 평소와는 달리 긴장한 것처럼 느껴졌다. 어쩌면 나에게 고백을 하러 온 것인지도 몰랐다. 뭔가가 내 안에서 간질간질하게 올라오는 느낌이었다. 오빠와 나는 어느새 골목 앞까지 왔다.

"많이 깜깜하지?"

어둠 속에서 오빠의 다정한 목소리가 들렸다. 대답하려는 순간, 오빠는 내 옆으로 바짝 다가와 손을 잡았다. 순간 당황스러웠지만 뺄 수는 없었다. 왠지 그러면 안 될 것 같기도 하고. 골목 중간쯤 왔을 때 오빠는 내 손을 잡고 자기 쪽으로 확 끌어당겼다. 무방비 상태여서 그랬는지 나는 오빠의 품속으로 안기듯 들어갔다. 흠칫 놀라며 몸을 빼내려 했다. 하지만 오빠는 그때와 같은 힘으로 나를 잡았다. 등에서 식은땀이 나기 시작했다. 어제와 같은 일이 또 일어날 것만 같았다. 나는 있는 힘껏 오빠를 밀쳤다. 오빠의 발이 뒤로 물러났다.

"민지야, 조금 섭섭한데?"

어둠 속에서 오빠의 목소리가 들렸다. 다정한 목소리가 왠지 섬뜩하게 들렸다.

"오빠, 요즘 왜 그래…"

나는 주눅 든 목소리로 말했다. 오빠가 너무 낯설게 느껴졌다.

"내가 뭘?" 오빠는 당황스럽다는 듯 말했다.

"어제도 나한테 그렇게 하고 오늘도 그러려고 했잖아." "너도 좋았잖아. 이제 와서 왜 그래?" 오빠는 당당한 목소리로 말했다. 순간 말문이 막혔다.

"너 나 좋아했던 거 아니야? 매번 나 보고 웃었잖아. 연락도 계속

　　　　　　　　　　　　　　　　지하인이 산다

했고."

"나 원래 잘 웃어. 다른 오빠들한테도 똑같이 웃었는데. 게다가 사장님이 손님들한테는 친절하게 웃으라고…."

"사장님이 시키면 다 하는 거야? 섭섭한데? 너한테 그저 나는 손님 이었구나. 그나저나 여자애가 그렇게 흘리고 다니면 안 되지. 걱정 된다."

오빠는 내 말을 가로채며 말했다. 오빠의 말에 뭐라고 말해야 할지 답답했다.

"민지야, 너 나 좋아했던 건 맞지 않아?"

오빠는 다시 한번 되물었다. 사실 좋아한 건 사실이다. 하지만 그렇다고 해서 이런 짓을 하라고 허락한 적은 없었다. 오빠가 다시 내 얼굴에 손을 댔다. 나는 오빠의 손을 뿌리쳤다. 오빠는 나를 보며 답답하다는 듯 말했다.

"너 고등학생이잖아. 애기같이 왜 그래."

내가 아무런 말도 하지 않자 오빠는 한숨을 쉬었다.

"일단 집 가자. 피곤하다." 나는 말없이 고개만 끄덕였다. 오빠는 집 앞까지 데려다줬다. 오빠의 친절함이 이렇게 불편하게 다가올 줄이야. 잠을 자려고 하는데 자꾸만 오빠의 말들이 귓속을 맴돌았다. 내 웃음이 그렇게 가볍게 보였던 걸까. 혹시 지금까지 내가 친절하게 대한 게 문제였나. 역시 골목에서 내가 끝까지 뿌리쳤어야 했나. 온갖 생각이 머릿속을 가득 채웠다. 눈을 질끈 감았다. 이불을 머리

끝까지 덮었다. 아무런 생각도 하고 싶지 않았다. 다시는 전처럼 웃을 수 없을 것 같았다.

★

"우리 민지 요즘 고민 있나 봐? 도통 웃는 걸 못 본 거 같아. 민지가 우울하면 이 사장님도 우울해. 우리 당구장 꽃이 시들면 단골들도 시들 텐데, 걱정이야. 우리 민지는 환하게 웃어야 예뻐. 항상 밝게 웃는 민지 얼굴이 그립네."

사장님은 사무실 안으로 들어가며 말했다. 후임을 구하기는 하는 걸까. 괜히 마음 한구석이 불편했다. 한숨을 푹 내쉬며 바닥을 닦고 있을 때 익숙한 얼굴들이 당구장 안으로 들어왔다. 나는 심호흡을 크게 했다. 표정관리가 중요하다. 아무 일도 없었다는 것처럼. 하지만 승준 오빠를 보는 순간 그 결심과 함께 웃는 얼굴도 무너졌다. 기춘 오빠와 성모 오빠가 장난을 걸었지만 평소처럼 웃으며 받아칠 수조차 없었다.

"그날은 잘 들어갔어?"

승준 오빠는 천천히 다가와 입을 열었다. 나는 아무렇지 않은 척하며 고개를 끄덕였다.

지하인이 산다

"요즘 내 연락 안 받던데. 혹시 그 일 때문이야?"

당연하다는 듯 고개를 끄덕이고 싶었지만 도저히 그럴 용기가 나지 않았다. 오빠의 뻔뻔한 태도에 소름이 돋을 정도였다. 담배 피우러 나갔던 오빠들이 들어오고 그제야 어색했던 대화가 멈췄다. 승준 오빠가 멀게만 느껴졌다. 앞으로 이 숨 막히는 시간이 계속될지 모른다고 생각하니 하루빨리 그만두고 싶었다.

★

내 이야기는 여기까지였다. 언니는 한동안 아무 말도 하지 않았다. 나는 언니의 눈치를 살폈다. 언니가 나를 이상한 애로 볼까 무서웠기 때문이다. 말하지 말걸, 후회가 들 무렵.

"너는 잘못한 거 없어. 괜찮아."

언니의 목소리는 단호했다. 웃고 있었지만 입꼬리가 미세하게 떨리고 있었다. 언니는 부모님께 이 사실을 알려야 한다고 말했다. 하지만 그건 싫었다. 일이 커질 게 분명하니까. 당구장에서 아르바이트를 한다는 것도 애초에 반대했던 부모님이었다. 여지를 주었다며 오히려 내 탓으로 돌릴지도 몰랐다. 그럴 바에는 차라리 아무 일도 없었던 것처럼 지내는 게 더 나을지도 모른다.

"아니야. 지금 해결하지 않으면 일은 더 커져. 걔 이름이 뭐야? 뭐 하는 앤데?"

언니는 내 팔을 잡고 설득했다. 폭로하지 않으면 언니가 나를 어떻게 할 것만 같았다. 단호한 언니의 모습에 괜히 더 무서워졌다. 처음으로 눈물이 흘렀다.

★

당구장 문이 열리고 들어온 사람은 엄마였다. 그 뒤로 언니가 따라 들어왔다. 나는 몸이 얼어붙은 것처럼 꼼짝도 할 수 없었다. 당구를 치던 오빠들도 힐끗거리며 우리를 쳐다봤다. 나는 그 사이에 서서 어쩔 줄 몰라 하고 있었다. 그때 사장님이 사무실 문을 열며 말했다.

"민지야, 손님 안내해드려야지."

내가 우물쭈물하고 있을 때 엄마가 앞으로 한 발짝 나서며 말했다. "애 엄마인데요."

사장님은 살짝 놀라는 눈치였지만 재빠르게 상황을 파악하고 인사를 했다.

"아, 민지 어머니시구나. 제가 여기 사장입니다. 처음 뵙겠습니다.

지하인이 산다

옆에 계신 분은 민지 언니 되시는 분인가? 자매가 아주 엄마를 닮아서 미인이네요. 글쎄, 따님이 어쩜 그렇게 일을 야무지게 잘하는지. 민지 덕분에 당구장 단골이 늘었습니다. 이번에 계속 그만둔다고 해서 조금 서운하긴 하지만요."

"안승준이라는 애 있나요?"

엄마는 사장님의 말을 무시하고 차가운 목소리로 말했다.

"승준이요? 저기 저 학생인데. 왜 찾으시죠?"

사장님은 살짝 당황한 표정을 지으며 승준 오빠를 가리켰다. 승준 오빠는 영문을 알 수 없다는 표정으로 자리에 서있었다. 엄마의 표정은 한껏 상기되어있었다. 건드리면 금방이라도 폭발할 것처럼.

"네가 걔니? 너 우리 민지한테 무슨 짓 했니?"

엄마는 승준 오빠를 향해 손가락질을 하며 소리쳤다. 당구를 치던 손님들은 조금씩 눈치를 보기 시작했다. 사장님의 표정이 조금씩 일그러지기 시작했다. 나는 어쩔 줄 몰라서 엄마의 팔을 잡아끌었다.

"여기서 뭐 하는 거야. 나중에 이야기해." 사장님은 애써 웃으며 엄마를 문 쪽으로 떠밀었다.

"민지 말이 맞아요. 일단 나가서 천천히 얘기하는 걸로 하죠. 당구장 안에는 손님들도 있고 그러니까."

"뭘 나가서 하죠? 사장님은 이런 일이 일어날 때까지 뭐 히고 계셨나요? 알바생한테 너무 관심 안 갖는 건 아닌가요? 여기 단골이 우리 민지한테 무슨 짓을 했는지 아세요? 책임이 전혀 없다고 말하실 수는 없을 텐데요?"

엄마는 목소리를 높이며 따지기 시작했다. 그러자 당구장에 있던 사람들은 하나둘 투덜거리며 나가기 시작했다. 사장님은 죄송하다며 다음에 더 잘 모시겠다며 연신 몸을 숙였다. 사람들이 다 나가자 사장님은 눈에 힘을 주고 엄마를 쳐다봤다.

"책임이라뇨? 제가 무슨 책임을 집니까?" 사장님도 지지 않고 목소리를 높이며 말했다. 나는 흠칫 놀라며 사장님을 쳐다봤다.

"사고 치는 애 돈 줘가면서 일 시켜줬더니 이런 황당한 경우를 다 보네. 쟤가 한 사람 몫이나 했을 것 같아요? 하여튼 친절을 베풀면 감사하다고 하지는 못할망정. 남의 가게에서 이게 무슨 민폐예요!"

사장님은 목에 핏대를 세워가며 화를 냈다. 친절했던 사장님은 온데간데없었다. 한번도 보지 못했던 모습이었다.

"승준아, 너 여기로 와서 말 좀 해봐. 도대체 무슨 상황인 거니?" 나는 온몸에 힘이 빠지는 것 같았다. 승준 오빠는 어깨를 으쓱하고는 엄마 앞에 섰다.

"우리 민지한테 당장 사과하세요."

엄마는 심호흡을 하고 말했다.

"제가 어떤 부분에서 사과를 해야 하는지 말씀해주시죠."

승준 오빠는 눈 하나 깜박이지 않고 차분하게 대응했다.

"뭐라고요? 골목에서 그쪽이 한 짓거리가 생각이 안 나?"

"저는 모르는 일입니다. 무슨 말씀이신지."

"네가 우리 민지 데려다준다는 핑계로 골목에서 만지고 그랬잖아! 그것도 두 번이나!"

엄마는 흥분을 하며 소리쳤다. 사장님이 엄마 앞을 가로막으며 빈정거렸다.

"증거는 가지고서 이러시는 거죠, 지금?"

사장님의 말에 승준 오빠의 눈동자는 살짝 흔들렸다.

"내 딸이 증거지, 뭐가 증거예요?"

"민지야, 너 저 사람이랑 연락한 거 있잖아. 그거 보여줘." 언니는 승준 오빠를 노려보며 말했다.

"그래, 민지야. 그거 꺼내봐. 증거 여기 있네요."

엄마는 당당하게 말했다. 나는 기어들어가는 목소리로 대답했다.

"없어…"

"왜 없어? 너 지금 들고 있는 거 휴대폰 아니야?"

언니가 내 휴대폰을 빼앗으며 말했다. 나는 고개를 숙이며 말했다.

"다 지웠어."

"그걸 왜 지워?"

엄마의 목소리에는 원망이 가득했다.

"그냥… 싫어서."

나는 눈을 질끈 감았다.

"아, 그럼 그쪽 휴대폰 보여주시면 되겠네요." 언니는 승준 오빠를 보며 말했다. 승준 오빠는 코웃음을 쳤다.

"휴대폰은 제 사생활이 담겨있는 물건입니다. 당사자의 동의를 구하지 않고 휴대폰을 달라고 하는 건 예의가 아닌 것 같은데요." 오빠는 마치 변호사라도 된 것처럼 또박또박 정확하게 말했다.

"지금 이런 상황에서 무슨 동의야. 찔리는 게 있는 건 아니고?"

언니는 오빠를 노려보며 말했다.

"정 원하시면 법적으로 정확하게 절차 밟고 오세요. 그나저나 계속 이런 식으로 나오시면 오히려 제 쪽에서 경찰에 신고할 수도 있습니다. 지금 되게 불쾌하네요."

오빠는 나를 한 번 쳐다보고 미간을 찌푸렸다. 고개를 들지 못하는 건 오히려 나였다.

"어휴, 정말 답답하고 억울해! 민지야, 문자는 또 왜 지웠어."

엄마가 눈물을 보이며 힘없이 내 등을 때렸다. 울어야 하는 건 나 아닌가. 이런 상황을 원했던 건 아닌데. 내가 한 건 '예쁘게' 웃는 것이 전부였는데.

"민지야, 네가 한번 말해봐. 어쨌든 너의 입장에서 이야기를 듣고 싶어."

승준 오빠는 차분한 목소리로 나를 보며 말했다.

"그러니까… 나는…" 차마 말을 이어갈 수 없었다. 저 먼 곳에서 기춘 오빠와 성모 오빠의 시선이 느껴졌다. 그들은 지금 어떤 생각을 하고 있을까.

"너무 애쓰지 말고 천천히 말해봐."

지하인이 산다

오빠는 한 발자국 더 다가오며 말했다. 그런 당당한 오빠의 모습이 낯설게만 느껴졌다. 친절함 속에 가시가 잔뜩 박혀있는 것만 같았다. 작지만 깊이 박혀있는 가시들. 가시들을 빼기 위해서는 돋보기로 자세히 봐야 한다. 오랫동안.

"나중에, 나중에. 지금은 정말 못할 것 같아." 나는 고개를 들어 오빠를 보며 말했다. 정말 오랜만에 오빠와 눈을 마주치는 것 같았다. 흔들림 없는 오빠의 눈동자 속에 비친 내 모습이 한없이 작아 보였다.

"민지야, 이거 갖고 가라. 이제 당구장 안 나와도 돼. 알았지?"

사장님은 기다렸다는 듯이 흰 봉투를 내밀며 말했다. 나는 죄송하다고 말하고 봉투를 받았다.

당구장에서 나왔을 때 하늘은 주홍빛으로 물들어 있었다. 나와 엄마, 언니는 노을이 지고 있는 거리를 천천히 걸었다. 걸을수록 해는 점점 더 자취를 감추었다. 우리는 아무런 말도 하지 않았다. 아니, 할 수 있는 말이 없었다. 집에 거의 도착했을 무렵, 언니는 내 손을 꼭 잡으며 이렇게 말했다.

"괜찮아. 다 잘될 거야."

나는 애써 미소를 보였다. 집에 들어오자마자 나는 불을 끄고 침대에 누웠다. 답답했다. 눈을 감았지만 잠이 오지 않았다. 모든 것이 다 거짓말이길 바랐다. 뒤척이다가 겨우 선잠에 들 무렵이었다. 언니가 방 안으로 들어와 이렇게 말했다.

"내일 경찰서 가자. 엄마랑 그 새끼 고소하기로 결정했어. 너는 그냥 가서 솔직하게 말만 하면 돼."

"오늘은 그만해. 피곤해." 나는 이불을 뒤집어쓰며 말했다.

"뭘 그만해? 지금 이게 그만할 상황이야? 억울하지도 않아?"

언니는 이불을 빼앗으며 윽박질렀다.

"나는 지금 쉬고 싶어. 제발 좀 그냥 내버려두면 안 돼?"

언니는 더 말을 하다 말고 한숨을 쉬며 이불을 돌려주었다.

"그래. 내일 다시 이야기하자. 이제 쉬어."

언니는 다정한 목소리로 말하고는 방문을 열었다.

"궁금한 게 있는데."

나가려다 말고 언니가 갑자기 뒤를 돌아보았다.

"두 번째 불렀을 때는 왜 나간 거야?"

언니는 고개를 갸웃하고는 대답도 듣지 않고 방을 나갔다. 나는 어둠 속에서 눈을 깜박였다.

지하인이 산다

스트레칭 **;**

;

　그날, 우리 자매를 부르더니 아빠는 비장한 표정으로 이렇게 말했다.

　"오늘부터 우리 가족은 매주 토요일 저녁, 스트레칭을 실시한다."

　나와 동생은 아빠가 또 쓸데없는 소리를 한다고 생각했다. 한숨이 절로 나왔다.

　"난 운동 싫어, 그리고 왜 하필 토요일 저녁이야?"

　동생은 미간을 찌푸리며 아빠에게 말했다.

　"건강한 육신에 건강한 정신이 깃드는 법. 가족들의 친목을 도모하는 시간이 될 것이다."

　아빠는 판사라도 된 것처럼 밥풀이 말라붙은 숟가락을 식탁 위에 탕탕 두 번 내려쳤다. 우리에게는 사형선고나 다름없었다. 나는 고2

지하인이 산다

라서 시간 낭비할 시간이 없었고 이제 막 중학생이 된 동생은 아침부터 밤까지 친구들과 놀러 다니느라 바빴기 때문이다. 나와 동생은 강력하게 반발했지만 아빠는 눈을 부릅뜨고 입술을 굳게 다문 채 허공을 노려볼 뿐이었다.

그 주 토요일 저녁, 아빠는 금방이라도 물에 들어가 조개를 잡을 것 같은 차림을 하고 거실 텔레비전 앞에 서있었다. 늘 헐렁헐렁한 옷 뒤에 가려져있던 아빠의 볼록한 배와 휘어진 다리가 더욱 돋보였다. 나와 동생은 마지못해 아빠 앞에 엉거주춤 섰다.

"자, 다들 이 아빠를 따라 하거라."

아빠는 말을 끝내자마자 깍지 낀 양손을 위로 쭉 뻗어 올렸다.

"자, 견우와 직녀가 칠월칠석 단 하루 눈물겹게 서로를 끌어안듯 깍지를 끼는 거야. 그리고 손바닥 위에 가벼운 공이 올려져있다고 생각하고 천장을 향해 천천히 위로 쭉 올려. 아니지, 수빈아. 손에 힘을 더 줘야지."

동생은 코웃음을 치며 손끝을 더 높이 뻗어 올렸다. 아빠는 우리를 향해 엄지를 치켜 보이고는 바로 다음 동작으로 넘어갔다. 이번에는 노를 젓는 것 같은 동작이었다.

"자, 이것도 아주 쉬워. 이 동작의 포인트는 얼마나 절도 있게 하느냐, 이거야. 손끝과 발끝에 호미가 달려있고 그 호미로 땅을 힘껏 파는 느낌으로 뻗는 거야. 이때 주의할 점이 있지. 절대 팔과 다리를 굽혀선 안 돼."

아빠의 절도는 도가 넘쳤다. 아랫집에서 시끄럽다며 올라올까 걱정이 되었다. 아빠는 자신의 동작이 부족해서 우리가 따라 하지 않는다고 생각했는지 몇 번이고 다시 보여주었다. 그렇게까지 노력하는 아빠의 모습이 조금 처량해 보였다. 어쩔 수 없이 나와 동생은 아빠를 따라 대충 움직였다. 아빠는 만족한 얼굴로 땀을 닦으며 말했다.

"다음은 햄스트링을 단련하는 동작이다. 햄스트링은 허벅지 뒤쪽 부분의 근육과 힘줄을 의미한다. 햄스트링을 단련하면 허리 통증을 감소시킬 수 있지."

아빠는 나에게 눈을 찡긋해 보이고는 허벅지 뒷부분을 두 번 쳤다. 그리고는 모으고 있던 두 다리를 조금 벌린 채 허리를 숙였다. 그 바람에 탄력적인 엉덩이는 천장을 향해 자연스럽게 솟아올랐고 한 덩어리의 뱃살이 에어백처럼 아빠의 허벅지와 상체 사이에 끼게 되었다. 별로 보고 싶지도 않았던 아빠의 몸 구석구석을 들여다보게 되어 기분이 나빴다. 손끝이 바닥을 향해 조금씩 내려갈수록 아빠의 숨소리는 점점 거칠어졌다. 얼굴이 빨개지다 못해 뒷목까지 벌겋게 올라왔다. 모든 동작들은 우리가 초등학교 때 수도 없이 배웠던 것이지만 그 사실을 아빠가 알고 있을 리 없었다. 아빠가 우리에 대해 아는 것이라고는 하나도 없으니까.

아빠는 우리에게 관심이 없었다. 자기가 필요할 때만 귀찮게 했다. 별로 친하지 않은데 친한 척하다가도, 기분이 나쁘면 버럭 화를 냈다. 밥시간도 아닌데 밥을 먹자고 하고, 냉장고에 먹을 것이 가득한데도 같이 장을 보러 가자고 하고, 노크도 하지 않고 내 방에 들어와 침대에 마음대로 앉고, 아침마다 내가 자고 있는데도 사람은 햇빛을 받아야 한다며 커튼을 열어두었다. 우리의 의견에는 귀를 기울이지 않고 늘 자기 멋대로였다.

그런 의미에서 아빠의 직업이 사람을 상대하는 일이라는 것이 신기할 따름이었다. 아빠는 중국에서 넘어온 텔레비전, 전자레인지, 정수기 등의 가전제품들을 국내 대형마트에 파는 일을 했다. 아빠의 직업은 두 가지 의미로 나와 동생에게 좋았다. 첫째, 바빠서 얼굴을 자주 안 봐도 된다는 점. 둘째, 집에 언제나 최신 기기들이 가득했다는 점. 어쩌면 아빠는 사람보다 기계를 더 많이 만지고 살아서 사람의 마음도 텔레비전처럼 자기 맘대로 껐다 켰다 할 수 있다고 생각하는지도 몰랐다.

한마디로 말하자면 아빠는 우리 집의 독재자나 다름없었다. 하지만 역사 속 수많은 독재자들처럼 끝은 언제나 오기 마련이다. 우리는 아빠의 독재에 반기를 들기로 결심했다. 스트레칭을 하는 토요일 8시. 집에 들어가지 않기로 약속한 것이다. 이제는 우리가 아빠 말만 잘 듣는 어린애들이 아니라는 것을 보여줄 필요가 있었다. 우리는 휴대폰을 끄고 각자 하고 싶었던 일을 했다. 나는 독서실에서 복습을 했고 동생은 친구들과 시간을 보냈다. 우리는 11시에 만나 같이 집에 들어갔다. 그 정도면 아빠도 우리를 기다리지 않을 거라고 생각했기 때문이다.

현관문을 열고 들어가니 집은 어두웠다.

"자나 봐."

동생은 나의 귀에 대고 속삭였다. 우리가 발뒤꿈치를 들고 조용히 방으로 들어가려는 찰나였다.

"이놈들!"

우리는 그 자리에 주저앉을 뻔했다. 갑자기 밝은 빛에 눈이 부셨다. 아빠가 손전등을 켜고 우리를 비춘 것이다. 거실 소파에서 우리가 오기만을 기다렸다는 듯이. 나는 거실 불을 켜며 짜증을 냈다.

"왜 거기서 그러고 있어?"

아빠는 손전등을 끄며 기운이 빠진 목소리로 말했다.

"아빠랑 한 약속 잊어버린 거야? 둘 다 연락도 안 받고 섭섭해."

"난 약속한 적 없는데?"

동생이 말했다. 나는 우리의 의견을 아빠에게 전해야겠다고 생각했다.

"토요일 저녁마다 스트레칭을 하는 건 너무 강압적이야. 우리가 어린 나이도 아니고."

아빠는 잠시 당황한 듯했지만 바로 반격했다.

"하지만 아빠 생각은 이렇게라도 이 가정의 화목과 건강을 챙겨야겠어. 가족이라고는 우리 셋뿐인데 같이 저녁 먹을 시간도 없잖아."

"왜 하필 토요일이야? 다른 날도 많잖아. 그리고 나 이제 고2야.

매일 공부해도 대학 갈까 말까야. 동생도 토요일마다 친구 만나러 가고 그러잖아. 우리 둘 다 각자 할 일이 있는데 굳이 토요일에 스트레칭을 해야 돼?"

나는 주먹처럼 굳은 아빠의 결심을 끝내야겠다는 마음으로 말했다. 하지만 아무리 설득을 해도 아빠는 의지를 꺾지 않았다. 오히려 더 굳건해지는 느낌이었다.

"원래 주말은 가족들끼리 보내는 시간이야. 체력도 키워야 공부도 열심히 할 수 있는 거고. 특히 청소년기에 스트레칭을 하면 뇌 발달에도 많은 도움이 돼. 얼마나 장점이 많은데."

아빠는 인터넷에서 급히 본 것 같은 말을 장황하게 늘어놓았다. 그리고는 장난스럽게 우리의 옆구리를 찌르며 말했다.

"우리 공주님들 스트레칭 해서 아빠랑 평생 살아야지. 아빠도 건강해야 우리 딸들 뒷바라지하면서 살지 않겠어? 아비의 마음을 우리 공주님들이 알려나."

"스트레칭 하면 건강이 좋아진다고?"

나는 아빠를 보면서 말했다.

"당연하지."

"그러면 스트레칭을 매일 한 엄마는 왜 아팠어?"

아빠는 도통 알아들을 수 없는 말을 웅얼거리더기 말끝을 흐렸다. 내가 계속 노려보자 아빠는 시선을 거실 바닥으로 고정시키고 손을 바지에 연신 비벼댔다. 내가 한 말은 사실이었다. 게다가 아빠는 당연히 할 수 있는 말이 없다. 엄마는 폐암으로 죽었고 그 원인이 될 만한 것이라고는 담배를 피우는 아빠밖에 없었으니까. 나는 우쭐해져 방으로 들어가려 했다. 그때였다.

"스트레칭 하면 뭐 해줄 건데?"

동생이 아빠를 보면서 말했다. 나는 가던 걸음을 멈추고 동생을 돌아보았다.

"야!"

나는 소리를 쳤지만 두 사람의 거래는 시작되고 있었다.

"우리 딸이 원하는 거라면 뭐든 다 해줄게."

아빠의 말이 끝나자마자 동생은 빙그레 웃으며 말했다.

"좋아. 한 번 할 때마다 만 원 어때?"

"만 원?"

나는 동생을 보며 말했다. 너무 황당한 제안이었기 때문이었다. 하지만 동생의 제안보다 더 황당한 것은 아빠의 대답이었다.

"그래! 우리 가족이 함께할 수만 있다면 만 원쯤이야. 너희 둘에게 각각 만 원씩 주마. 어때, 그럼 이제 약속이다?"

뭐라고 할 틈도 없이 아빠와 동생은 협정을 맺어버렸다. 역사 속에는 독재자만 있는 것이 아니라 매국노도 늘 존재했다는 사실을 나는 잊고 있었다. 두 사람은 만족스러운 표정으로 손뼉을 쳤고 나는 그 자리를 빨리 벗어나고만 싶었다.

그날 새벽, 나는 거실에서 들려오는 시끄러운 소리에 잠에서 깼

지하인이 산다

다. 시계를 보니 새벽 3시가 넘은 시간이었다. 텔레비전 소리인 줄 알았는데 가만히 들어보니 동생의 목소리였다. 간드러지게 웃는 것을 보니 남자친구와 전화를 하고 있는 것이 분명했다. 나는 동생에게 한마디 따끔하게 해줄 필요가 있다고 생각했다. 나는 방문을 열고 나와 일그러진 표정으로 동생 방문을 열었다. 동생은 나를 힐끗 쳐다보더니 무시하고 다시 전화에 집중했다. 나는 동생의 손에서 휴대폰을 빼앗아 전화를 끊었다.

"지금 뭐 하는 짓이야?"

동생은 전화할 때와 전혀 다른 신경질적인 말투로 대답했다.

"너 시험기간 아니야? 공부 안 해?"

"언니가 무슨 상관이야. 언니나 공부해."

"공부하고 싶어도 시끄러워서 집중이 안 돼."

나는 지지 않고 동생을 노려보면서 말했다.

"누가 보면 새벽까지 공부하는 줄 알겠네. 자다가 일어나서는 왜 괜히 성질이야. 짜증 나. 내가 주말에 뭘 하든 말든 언니가 무슨 상관이야? 다 언니 맘대로야?"

동생 또한 지지 않고 나를 노려봤다.

"맘대로 하는 건 너잖아. 내가 언제 스트레칭 한다고 했어?"

"그게 뭐 어때서? 언니도 돈 생기고 좋잖아."

"너는 중학생 주제에 무슨 돈이 그렇게 필요해? 그 돈 받아서 뭐 하게. 또 화장품 사고 친구들이랑 놀고 그런 쓸데없는 일에 쓰려는 거잖아."

동생은 내 말에 대꾸도 하지 않고 관심 없다는 듯 옆에 있던 과자를 집어먹었다. 바삭바삭 신경을 거스르는 소리였다. 나는 한숨을 쉬고 방으로 들어갔다. 들어가자마자 밖에서는 다시 동생이 통화하는 소리가 들렸다. 나는 책상에 앉아 책을 펴고 이어폰을 꼈다. 동생은 늘 '어떻게든 될 거야'라는 말을 입버릇처럼 하곤 했다. 하지만 나는 노력하지 않으면 마음대로 되는 일이라고는 세상에 없으며 만약 그런 일이 있다고 해도 결코 우리에게는 오지 않을 것이라고 생각했다. 아빠는 알면서도 모른 척하는 방관자 같은 사람이고, 동생은 그냥 아무 생각 없이 노는 것만 좋아하는 어린애다. 나중에 아빠가 늙거나 우리 집이 가난해지면 이 집을 지킬 수 있는 것은 나뿐이었다.

"기다리고 기다리던 시간이다. 제군들이여, 다들 거실로 모이도록."

지옥 같은 토요일은 결국 찾아오고 말았다. 아빠는 온 집안의 문이란 문은 모두 활짝 열고 소리를 질러댔다. 나는 책상 위에 소리 나게 펜을 내려놓았다. 그걸로 모자라 아빠는 방마다 찾아다니며 종처럼 자신의 지갑을 흔들어댔다. 마지못해 밖으로 나가자 동생과 아빠는 손으로 사랑의 총알을 쏘며 좋아 죽는 시늉을 하고 있었다. 그날은 나만 빼고 모두가 다 신나 보였다. 스트레칭을 하는 내내 동생은 아빠의 비위를 맞추기 위해 아빠의 말끝마다 추임새를 넣었고 아빠는 동생의 어설픈 동작에도 무조건 최고라며 호들갑을 떨었다.

"자자, 오늘은 여기까지 하자. 우리 공주님들 수고했어. 최고야 최고."

아빠는 우리 눈앞에 엄지를 치켜들고 말했다.

"아빠, 만 원은?"

기다렸다는 듯이 동생은 손을 내밀며 말했다.

"당연히 주지. 아빠 이래 봬도 약속 지키는 사람이야. 자, 만 원."

아빠는 내게도 만 원을 내밀며 말했다. 누가 보면 돈 때문에 스트레칭을 한 것마냥.

"난 됐어."

나는 구겨진 만 원이 들려있는 아빠의 손을 밀었다. 하지만 아빠는 내 손에 억지로 만 원을 쥐어주었다.

"에이. 큰딸, 받아. 아빠 부자야. 돈 많이 벌어."

아빠는 나와 동생의 어깨를 툭 치며 장난스럽게 말했다.

"혹시 우리 딸들 돈 모아서 아빠 선물 사려고 하나? 기대 좀 해볼까?"

나는 거실 탁상에 만 원을 내려놓고 뒤를 돌아 방으로 향했다.

"수연이 안 가져? 나중에 또 달라고 오면 안 된다."

"언니 안 가지면 나 가질래."

우리 가족은 뭘 하든 끈기 있게 하는 법이 없었다. 우리 집 창고에는 낚시왕을 꿈꾸던 아빠의 낚싯대, 파티쉐가 되겠다며 동생이 아빠를 졸라 샀던 베이킹 용품, 내가 한 달 배우고 때려치운 바이올린이 처박혀있었다. 그러니 스트레칭도 나는 얼마 가지 않을 줄 알았다. 하지만 먼지를 풀풀 날려 실내 공기를 오염시키고 몸을 우스꽝스럽게 꼬아대는 그 행위는 매주 반복되었다. 그것은 아빠의 말처럼 정신과 몸을 건강하게 하기는커녕 근육통을 유발시키고 스트레스를 유발해 건강을 해쳤다. 소통을 한다면서 자기 멋대로만 하는 아빠. 만 원 앞에 자존심을 팔아넘기는 동생. 아무 말도 하지 않고 속으로만 욕하는 비겁한 나. 하지만 무엇보다도 나를 화나게 한 것은 다름 아닌 분홍색 요가매트였다.

"어때? 수연이 마음에 드니?"

어느 날 아빠는 거실 한복판에 분홍색 요가매트를 깔고 손가락으로 가리키며 말했다. 나는 물끄러미 그것을 내려다보았다. 눈이 아플 정도로 진한 분홍색이었다.

"너 분홍색 좋아하지. 분홍색 책가방 사달라고 떼쓰고 그랬잖아."

나는 아빠가 너무한다고 생각했다. 초등학교 때 좋아한 색깔을 아직까지 좋아할 거라고 생각하다니. 아빠는 늘 이런 식이다. 아무것도 모르면서.

"이제 스트레칭 하고 싶지?"

아빠는 나의 왼쪽 팔목을 잡으며 말했다.

지하인이 산다

"언니, 빨리 누워봐!"

동생 역시 내 오른쪽 팔목을 잡은 채 말했다. 양손이 족쇄를 찬 것처럼 무거웠다.

"그만 좀 하라고. 스트레칭이고 뭐고 그만해."

나는 동생과 아빠의 손길을 뿌리친 채 말했다.

"아빠는 왜 진지함이라고는 하나도 없고 매사에 왜 그렇게 장난이야? 나는 힘들고 장난칠 기운도 없어. 스트레칭도 마찬가지야. 하기 싫다고 매번 말해도 내 생각은 해주지도 않고 무조건 밀어붙이고. 이런 적이 한두 번도 아니잖아. 이젠 정말 지겨워. 그만해. 공부할 시간도 없는데 이런 쓸데없는 일에 시간 낭비하고 싶지 않아."

"언니는 공부가 그렇게 중요해? 가족끼리 보내는 시간이 그렇게 아깝냐고. 멋대로 하는 건 언니잖아."

동생은 아빠의 대변인처럼 쏘아붙였다. 나는 눈에 힘을 주고 동생을 노려봤다.

"그래, 중요해. 너 언제까지 어리광 부리면서 아빠한테 용돈 달라고 할 건데? 평생 그러고 살 거 아니잖아. 세상은 네가 생각하는 것처럼 만만하지 않아. 엄마 보고 싶다고 울면 그만이야? 엄마가 이런 너를 보면 어떻겠어?"

"언니가 무슨 상관이야. 엄마도 아니면서 왜 자꾸 엄마인 척해?"

동생은 소리를 지르며 말했다. 엄마 이야기가 나와서 그런 것 같았다.

"둘 다 그만 싸워. 수빈아, 네가 이해하렴. 언니가 공부 때문에 스트레스 많이 받았나보다."

아빠는 화제를 전환시키려고 했다.

"스트레스 받는 건 아빠 때문이야. 잘 알잖아. 아빠야 하고 싶은 대로 다 하고 사니까 스트레스 받을 일이 없겠지만 나는 아니거든. 아빠는 우리한테 관심이 있기나 해?"

아빠는 무언가 말하려고 했지만 나는 가로채고 계속 말했다. 아빠는 말할 자격이 없다고 생각했다.

"그리고 왜 엄마 이야기만 나오면 매번 말을 돌려? 뭐 찔리는 거라도 있어? 왜 나는 아빠가 엄마가 없으니까 더 좋아 보이지? 왜 다들 없던 일처럼 굴어? 괜찮긴 뭐가 괜찮아. 아무것도 괜찮지 않아. 아픈 걸 아프다고도 말 못 하는데 어떻게 괜찮아져?"

나는 말을 끝내자마자 방으로 들어갔다. 더 이상 나의 팔목을 잡는 사람은 없었다. 무거워진 짐을 다 내려놓은 것 같은 느낌이었다. 뒤에서 더 이상 목소리가 들리지 않았다. 나는 방으로 들어가 책상에 앉았다. 벽에는 내가 가고 싶어 하는 K대학교의 마크가 그려진 스티커가 붙어있었다. 언제나처럼 스티커를 보며 마음을 다잡으려 했지만 좀처럼 잡히지 않았다. 바로 침대에 누웠다. 눈을 감자마자 잠이 밀려왔다. 마치 기다렸다는 듯이.

다음 날 아침, 눈을 떴지만 나는 방문 밖으로 나가고 싶지 않았

지하인이 산다

다. 열두 시가 넘어서야 나는 조심스럽게 방문을 열었다. 다행히도 아빠는 집에 없었다.

"아빠 어디 나갔다 온다고 먼저 밥 먹으래."

동생은 식탁에 앉아 입 안 가득 음식을 우물거리며 말했다. 평소의 아빠라면 집을 나가기 전에 나를 깨워 호들갑을 떨어야 정상인데. 아빠의 얼굴을 보지 않아도 된다니 마음이 편했지만 한편으로는 허전하기도 하고 조금 걱정이 되기도 했다. 나는 텅 빈 거실을 둘러보았다. 분홍색 요가매트는 돌돌 말린 채 구석에 기대어 서있었다.

"딸, 밥 안 먹었어?"

아빠는 집에 들어오자마자 고개만 내 방에 내밀고 말했다. 아빠의 얼굴에는 장난기가 가득했다. 아빠는 변한 게 없어 보였다. 어제 일은 조금도 기억하고 있지 않은 것처럼. 내가 아무 말도 하지 않자 아빠는 다시 말을 걸었다.

"짜장면 시켜줘?"

"아니야. 괜찮아."

나는 애써 책상에 시선을 두고 말했다.

"우리 딸 다이어트 하는 건 아니지? 우리 딸들은 아빠 닮아서 살 좀 쪄도 예뻐."

아빠는 콧노래를 부르며 문을 닫았다. 아빠가 상처를 받았을까봐 걱정했지만 막상 이렇게까지 아무렇지 않은 것을 보니 괜히 괘씸했다. 서로에게 상처뿐인 싸움이었지만 그래도 얻은 것이 아예 없는 것은 아니었다. 그날 이후로 스트레칭 시간이 사라졌으니까. 토요일 저녁마다 자유를 누린다는 것은 엄청난 행복이었다. 원래 내 것이었던 시간을 되찾은 것뿐인데 왜 그렇게까지 행복한지 알 수는 없었지만. 한 달이 지나자 모든 것이 제자리로 돌아왔다. 잘못 자리 잡은 퍼즐을 제자리에 끼워 넣은 것처럼 모든 것은 완벽해 보였다. 하지만….

"얘들아, 스트레칭 하자."

어느 토요일 새벽 2시, 술에 잔뜩 취한 아빠가 나와 동생을 깨웠다. 방문을 닫고 있었는데도 거실에서 아빠의 목소리가 쩌렁쩌렁 울렸다. 나와 동생이 비몽사몽 거실로 나오자 아빠는 구석에 있던 분홍색 매트를 다시 거실 한가운데 깔았다.

"술 마셨으면 곱게 잘 것이지."

동생은 코를 막으며 아빠의 가방을 소파 위에 올려놓았다.

"딱 한 모금 마셨어. 한 모금."

아빠는 양쪽 눈을 찡긋 감았다 뜨며 말했다. 윙크를 하고 싶었지만 눈이 풀려서 그렇게 된 것 같았다.

"들어가서 자."

나는 아빠의 팔을 잡아끌었지만 아빠는 꿈적도 하지 않았다.

"스트레칭 하자, 응?"

아빠는 매트 위에 앉아서 우리를 올려다보며 말했다.

지하인이 산다

"그럼 돈도 다시 주는 거야?"

동생은 역시 돈 생각뿐이었다.

"당연하지. 우리 수빈이 아빠가 용돈 많이 줄게."

아빠는 동생의 머리를 쓰다듬으며 말했다. 동생은 좋다며 아빠 옆에 앉았다. 아빠는 무릎을 펴고 앉아 손을 앞으로 뻗었다. 옆에서 보니 ㄷ자 모양 같았다.

"뒤에서 아빠 밀어줘. 알겠지?"

동생은 아빠의 등을 밀었다. 둥글게 휘어진 아빠의 등이 조금씩 내려갔다. 손끝이 발목을 지날 무렵 아빠의 움직임은 멈췄다.

"아빠, 이제 일어나. 이젠 아빠가 나 밀어줘야지."

동생은 아빠를 툭툭 치면서 말했다. 하지만 아빠는 일어나지 않았다. 나와 동생은 눈을 마주치고 고개를 갸웃거렸다. 그 순간 엎드린 아빠의 등이 들썩였다. 그리고 고요한 집 안에 아빠의 흐느낌 소리가 울리기 시작했다.

"아빠, 왜 그래. 괜찮아?"

동생은 아빠의 등을 흔들며 말했다. 하지만 아빠는 서프라이즈를 외치며 우리를 놀라게 하지도, 사랑의 총을 날리고 윙크를 하며 일어나지도 않았다. 아빠의 울음소리는 점점 더 커졌다. 커다란 짐승이 울부짖는 것 같은 소리였다. 나는 굽은 아빠의 등을 물끄러미 내려다보았다. 그동안 저런 것을 어떻게 참아왔을까.

"왜 울어. 아빠, 왜 울어."

동생은 몸을 숙여 아빠의 등을 감싸 안았다. 동생의 품에서 아빠의 울음소리는 더 커졌다. 동생도 곧 울먹이기 시작했다. 나는 그 자리에 서서 포개진 두 사람을 내려다보았다. 도망치지 않는 것이 내가 할 수 있는 최선이었다. 나는 온몸에 힘을 주고 입을 꾹 다물었다. 무너진 부분에서 뜨거운 것이 터져 나올까 봐서. 나는 무릎을 꿇고 앉아 동생의 등에 손을 얹었다. 손바닥으로 동생의 온기가 전해져왔다. 나는 천천히 동생의 등을 토닥이기 시작했다. 몇 번이고, 몇 번이고. 슬픔이라는 근육을 한번도 사용해본 적 없는 사람들처럼 우리는 모두 뻣뻣하게 굳어있었다.

"미안해."

흐물흐물한 한마디가 아빠의 입술을 비집고 나왔다. 나도 모르게 신음 같은 것이 나왔다. 온몸을 얻어맞은 기분이었다. 나는 질끈 눈을 감았다. 눈 안쪽이 뜨거웠다. 뭉쳐있던 것들이 천천히 풀어지는 것 같았다. 시원했다.

지하인이 산다

지하인이 산다 ;

정지용 청소년문학상 동상 수상작

;

내가 지하인 홈스테이를 신청했다는 말에 모두 놀랐다. 지하인 홈
스테이는 지하인 양성화 정책의 일환으로 같은 또래의 지하인과
100일간 함께 지내는 행사다. 물론 여기에 선발되는 지하인들은 충
분히 '문화화'가 되었기 때문에 불편함은 없을 것이라고 했다. 지하
인 홈스테이를 진행하는 학교는 각 지역별로 한 학교인데 그중 우리
학교가 시범학교로 뽑혔다. 내가 지하인 홈스테이를 신청한 이유는
딱 하나였다. 생기부 전형에 특기활동으로 지하인 홈스테이가 들어
간다면 아마도 큰 플러스 요인이 될 것 같았기 때문이다. 생기부 전
형으로 말하자면 나처럼 공부도 그럭저럭이고 특별히 잘하는 것도
없지만 대학은 잘 가고 싶은 아이들이 가장 기대하고 매달리는 전형
이다.

지하인이 산다

지하인 홈스테이를 시작하기 전에 몇 번의 교육이 이루어졌다. 첫 번째 교육은 화요일 방과 후 체육관에서 이루어졌다. 청소가 끝나자마자 나는 가방을 챙겨 들고 부리나케 체육관으로 뛰어갔다. 체육관 문을 열자 체육관에 있던 모두가 나를 일제히 쳐다보았다. 체육관 가장 앞자리에 열 개 정도의 책상 중 한 자리가 비어있었는데 아마도 내 자리인 것 같았다. 나는 하나 남은 빈자리에 얼른 뛰어가 앉았다. 교감선생님은 팔짱을 끼고 나를 잠시 째려보았다.

"지각한 사람은 이름이 뭐지?"

"죄송합니다. 정혁준입니다."

"첫 시간부터 지각이나 하고 말이야. 빨리 앉아."

교감선생님은 목을 가다듬고 이야기를 시작했다.

"우리 하늘고등학교는 지하인 문화교류사업 시범학교로 선정되었습니다. 지하인 홈스테이는 많은 학생들의 지원에도 불구하고 소수의 인원만을 뽑을 수 있습니다. 그 많은 경쟁률을 뚫고 뽑힌 걸 축하드립니다."

나는 코웃음을 쳤다. 여기 온 사람들 중에 절반은 담임선생님의 강요로 온 아이들이라는 것을 알고 있었기 때문이다.

"여러분도 아시다시피 지하인의 존재가 발견된 것은 약 7년 전의 일입니다. 뭐 다들 뉴스에서 봤겠지만요. 지하인에 대해 갖고 있는 가장 큰 편견 중에 하나는 그들이 지능이 낮을 것이라는 생각입니다. 그래서 지상인들은 지하인의 아이큐에 대해서 조사를 해봤습니다. 검사 결과 지하인들은 지상인들과 별다른 점이 없었고 오히려 몇몇 지하인의 경우 지상인들보다 더 높은 지능을 보이기도 했습니다. 그들이 지능이 낮아 보이는 이유는 오랫동안 땅속에서 지내며 지상의 문화를 접할 일이 없었기 때문일 것입니다. 그러니 우리와 조금 다르다는 이유로 차별하거나 무시하는 일이 없기를 바랍니다. 안내 책자의 5페이지를 펴보십시오. 제일 늦게 들어온 학생이 읽어볼까요?"

나는 흠칫 놀라며 자리에서 일어났다. 교감선생님과 모든 아이들의 시선은 나를 향해 있었고 나는 큰 소리로 읽기 시작했다.

"지하인들의 존재가 알려진 것은 지금으로부터 7년 전의 일이다. 몬스터고라는 증강현실 게임에 푹 빠진 초등학생들은 희귀 아이템을 찾기 위해 산속에 들어갔다가 이상하게 생긴 짐승이 땅을 뚫고 나오는 것을 발견했다. 아이들은 혼비백산하여 달아났다. 사람들은 그들이 거짓말을 하거나 헛것을 보았다고 생각했다. 하지만 그날 이후로도 그 짐승에 대한 목격담은 끊이지 않았다. 결국 한 TV 프로그램에서 취재를 나가 그들의 존재를 밝혔다. 그들은 짐승이 아니라 아주 오랫동안 땅속에서 살아온 인류였다. 그들은 대부분의 시간을 땅속에서 살았기 때문에 사람들은 그들을 지하인이라고 불렀다."

"잠깐."

교감선생님이 말했다.

"저기 지금 휴대폰 만지는 학생. 일어나 서있어. 너희가 이런 태도

지하인이 산다

면 지하인들이 지상인들을 어떻게 생각하겠어? 지금부터는 중요한 내용 나오니까 정신 차리고 똑바로 들어."

교감선생님은 말을 끝내고 나에게 다시 읽으라는 눈짓을 했다.

"지하인들이 언제부터 땅속에 살게 되었는지는 정확하게 알려지지 않았지만 역사학자들은 먼 과거, 전쟁을 피해 땅속에 숨어 지내던 사람들로부터 시작되었다고 추정한다. 그들은 하루 대부분의 시간을 땅속에서 지내며 가끔 밖으로 나와 생활에 필요한 것들을 조달했다. 그들은 커다란 잎을 엮어 옷을 만들고 나무뿌리나 씨앗을 먹었다. 그들의 언어는 우리와 유사하지만 문법체계가 다소 다른 양상을 보였다. 지하인의 평균 키는 167㎝로 남녀의 체격 차이가 거의 없다. 또한 오랜 지하생활에 의해 얼굴이 새하얗고 속눈썹이 긴 것이 특징이다. 그들은 이상하리만큼 발이 크고 넓적한데 그 이유에 대해서 진화학자들의 의견은 분분하다."

교감선생님의 지시에 따라 돌아가면서 아이들은 책을 읽었다. 지하인에 대한 것은 딱히 궁금하지 않았기에 아이들의 발표가 지루했다. 잠을 깨기 위해 손도 꼬집고 볼도 잡아당겨보았지만 피곤함은 가시지 않았다. 꾸벅꾸벅 졸며 시간이 지나가기만을 기다렸다.

얼마나 지났을까, 교감선생님이 책상을 소리 나게 두 번 두드렸고 나는 그 소리에 잠에서 깼다.

"홈스테이를 하던 중 문제가 발생하거나 일이 생기면 전화를 할 수 있게 부모님들께 안전통신문이 갈 것입니다. 지하인과 어떻게 지내냐에 따라 우리 학교의 이미지도 달라진다 생각하는 마음으로 최선을 다하세요. 질문 없나요?"

빨리 끝내고 싶은 아이들은 고개를 끄덕이며 질문이 없다고 했다. 교감선생님이 머쓱한 듯 말을 마무리했다.

집에 도착했을 때 엄마는 주방에서 식기들을 차곡차곡 정리하고 있었다. 나는 엄마를 불렀지만 주방에서는 아무 말도 들려오지 않았다. 내가 방으로 가려고 할 때, 엄마가 뒤도 돌아보지 않고 소리쳤다.

"방 좀 치우고 다녀. 돼지우리도 아니고 남들이 볼까 봐 무섭네."

나는 방으로 들어가 문을 닫았다. 아무리 둘러봐도 내 방은 깨끗한 것 같았다. 엄마는 어쩌면 방이 아니라 그 방에 담겨있는 내가 못마땅한 건지도 모른다. 엄마가 문을 열고 나를 한심하다는 듯이 쳐다보며 말했다.

"그래서 지하인은 언제 온다고?"

"아직 정확히 몰라."

"너는 아는 게 뭐니? 정확하게도 모르면서 하겠다고 신청한 거야? 너는 만날 그렇게 살아서 어떻게 하려고 그러니?"

"내가 알아서 하고 있어."

"네가 뭘 알아서 해. 늘 그렇게 말하면서 제대로 한 적 없잖아. 그러니 내가 널 어떻게 믿어?"

"이번엔 나도 생각이 있어. 이걸로 대학 갈 수 있다니까?"

"쓸데없는 소리 하지 말고 조용히 공부나 해. 하긴 네가 공부를 한다고 해서 좋은 대학 갈 수나 있을지 모르겠다."

"유학도 못 가고 백도 없고 믿어주는 사람도 없고 그러니까 이거라도 해야지. 나도 대학은 가야 할 거 아니야."

나의 말에 엄마는 잠시 멈칫했다. 그리고는 나를 빤히 쳐다보다가 방으로 들어갔다. 당연히 엄마는 이런 부분에 있어서 나에게 미안한 마음이 있어야 한다고 생각했다.

지하인 기루비가 집에 찾아온 것은 한 달 뒤였다. 저녁 7시에 초인종이 울렸다. 긴장하는 마음으로 현관문을 열었다. 문을 열자 나보다 한 뼘은 더 키가 작은 남자아이가 눈에 들어왔다. 지하인 홈스테이 오티 때 내가 안내 책자에서 읽었던 것이 사실이라는 것에 한번 놀랐다. 그 애는 촛농이 떨어지듯이 땀을 흘리고 있었다. 들은 대로 지하인의 모습은 지상인과 크게 다를 것이 없었다. 나는 뭐라고 해야 할지 몰라 멀뚱히 서있었다. 그때 엄마가 부엌에서 나오며 이렇게 말했다.

"벌써 왔니? 쿠키 만들고 있었는데. 소파에 앉아서 혁준이랑 잠깐만 기다려."

엄마가 부엌으로 돌아가자 거실에는 나와 지하인만 남게 되었다.

"나 기루비, 쿠키 먹어본 적 있슴다. 그거 바삭함다."

지하인의 이름은 기루비인 듯싶었다. 지하인은 나에게 먼저 말을 걸며 아는 척을 했지만 난 아무 말도 하지 않고 소파에 앉아있었다. 지하인의 말투는 약간 어색하게 느껴졌다.

"혁준도 쿠키 좋아함까?"

"뭐야, 너 내 이름 어떻게 알아?"

"선생님이 알려줬슴다. 이름."

우리는 어색하게 소파에 앉아있었다. 갑자기 기루비는 거실 중앙에 걸려있는 액자를 가리켰다.

"누굼까? 혁준이 옆에 남자."

보아하니 내 동생을 가리키고 물어보는 것 같았다.

"동생."

"어딨슴까."

나는 기루비가 물어보는 말에 대답을 하지 않았다.

동생은 집에 없다. 지금 유학을 갔기 때문이다. 남들이 생각하기에는 형인 내가 가지 않고 동생이 유학 간 것에 대한 의문이 있을지도 모른다. 하지만 나는 오히려 동생이 유학을 가서 다행이라는 생각이 들 정도였다. 미안하다는 듯한 눈빛을 피할 수 있었기 때문이다. 엄마와 아빠는 동생을 법대에 보내기 위해 항상 동생에게 많은 관심을 기울였다. 그러면서 항상 하는 말이 있었다.

"동생 때문에 신경 못 써주는 거 이해하지?"

동생은 부모님이 자기에게 신경을 쓰는 만큼 나에게 미안해했다.

오히려 나는 항상 미안하다는 눈빛으로 쳐다보는 동생을 쌀쌀맞게 대했다. 나는 아무렇지도 않은데 주변 사람들도 나를 측은하게 바라보았다. 처음에는 그런 느낌이 싫고 부담스러웠지만 이제는 그것마저 익숙해졌다. 시간이 지나니까 많은 것이 익숙해지는 것 같았다. 시선도, 부모님의 행동도. 동생이 유학을 갔지만 동생은 늘 여기 있는 것 같았다. 우리 집 이야기 주제는 항상 동생이니까. 부모님의 관심을 받는 동생이 안타깝기까지 하다. 부모님은 나에게 아무런 기대도 하지 않는다. 동생은 부모님의 압박으로 많이 힘들다고 했지만 그것은 배가 불러서 하는 소리 같았다. 한참 동안 가족사진을 쳐다보고 있는데 기루비가 나를 툭툭 쳤다.

엄마가 접시를 들고 거실로 나왔다. 생전 간식 하나 만들어주지 않은 엄마지만 오늘은 지하인이 온다고 쿠키를 만든 것 같다. 견과류가 잔뜩 박혀있는 초콜릿 쿠키는 먹음직스러워 보였다. 기루비는 쿠키에 있는 견과류들을 모두 뽑아냈다. 그리고는 구멍이 뚫린 쿠키들을 아기들이 먹을 만한 크기로 잘게 잘라 먹었다.

"기루비는 견과류를 싫어하나 보구나."

"이거 몰라습니다. 뭐인지."

엄마는 애써 웃으며 기루비가 쿠키 먹는 모습을 지켜봤다. 엄마가 제일 싫어하는 것은 지저분한 행동이다. 그러니 기루비의 행동이 마음에 들지 않겠지. 역시 교감선생님의 말씀은 틀렸다. 지상인은 지하인보다 훨씬 낫다. 내가 기루비보다 나은 게 당연한 것처럼. 한참 동안 쿠키를 먹은 기루비는 엄마에게 감사 인사를 했다.

"맛있었슴다."

엄마는 기루비에게 살짝 웃어주고는 기루비가 흘린 가루들을 치웠다. 나는 마음에 들지 않았다. 이상한 일이었다. 우리 집에 지하인 기루비가 와서 쿠키를 먹고 엄마는 기루비가 흘린 가루들을 치우고.

얼마 지나지 않아 아빠가 한 손에 케이크를 들고 집에 왔다. 평소에는 볼 수 없는 밝은 웃음을 지으며. 그날따라 엄마, 아빠의 행동은 좀 이상했다. 아빠가 퇴근하고 집에 오면 엄마는 텔레비전을 보고 있고 아빠는 가방을 놓은 다음 양복을 벗고 방에 들어가는 것이 일상이었다. 물론 대화는 당연히 하지 않았다. 마치 서로 모르는 사람인 듯 신경도 쓰지 않았다. 하지만 그날따라 엄마는 회사에서 돌아온 아빠의 가방을 받아들고 안방에 갖다 놓는가 하면 아빠는 그런 엄마를 보고 미소를 지었다. 심지어 둘이 다정하게 대화를 나누는 시늉까지 했다.

"혁준 엄마, 아빠 좋슴다."

도대체 뭐가 좋은지 모르겠다. 하긴 기루비는 겉모습만 보니까 좋다고 할 수도 있다. 나처럼 같이 평생 살아야 하는 상황이라면 절대 그런 소리가 나오지 않겠지.

아빠가 옷을 갈아입을 동안 엄마는 케이크를 세팅하고 파티 준비를 했다. 지하인 온 게 뭐 대수라고 파티를 하는지 모르겠지만 기루

지하인이 산다

비는 즐거워 보였다. 케이크에 마지막 불을 붙이고 기루비에게 불라고 했다. 처음 해보는 일인지 많이 어색해 보였다. 후 불자 아무것도 보이지 않고 깜깜해졌다. 그 순간이 좋았다. 그 누구 하나 잘나거나 못난 것 없이 다 같아 보였기 때문이다.

파티가 끝나고 기루비가 화장실에 간 사이 우리 가족은 다시 돌아왔다. 기루비가 없을 때처럼. 서로 대화 없이 각자 할 일만 했다. 나는 방으로 들어가고 내 침대에 누웠다. 화장실에 갔던 기루비가 내 방으로 따라 들어왔다.

"혁준이는 좋겠슴. 방이 있어."

"너도 방 있잖아."

"나는 함께 씀. 동생들이랑."

딱 세 마디였다. 10분 동안 나와 지하인은 세 마디 외에 다른 이야기를 하지 않았다. 어색한 공기가 흐르고 있을 때 엄마가 낑낑거리며 간이침대를 들고 왔다. 엄마가 들어오자 기루비는 언제 조용했냐는 듯이 밝게 웃고 있었다. 분명히 저 웃음은 엄마를 자기편으로 만들려는 계략인 것 같았다. 내가 기루비를 흘겨보고 있는 사이 엄마는 내 침대 옆에 간이침대를 펼쳤다.

"혁준아, 기루비랑 지내는 동안 여기서 자렴."

"뭐라고?"

"넌 기루비를 저런 곳에서 자게 할 거니?"

기루비는 이해하지 못한 듯 옆에서 나와 엄마의 대화를 듣고 있었다. 엄마의 말에 나는 아무 말도 하지 못했다. 기루비는 잠시 나를 쳐다보더니 내 침대로 쏙 들어갔다. 나는 황당한 나머지 멍하니 기루비를 쳐다보았다. 동생이 유학을 가고 나니 기루비가 동생 자리를 차지한 느낌이었다. 나는 따지고 싸울 힘도 없어 기루비가 보이지 않는 방향으로 일부러 등을 돌려 누웠다. 생각해보니 억울했다. 기루비는 지하인이라는 이유 하나로 많은 혜택을 누리고 있다. 지하인들은 '지하인 양성화 정책' 덕분에 의식주는 물론 휴대폰이나 담배 같은 사소한 것들까지 제공받지 않는가. 게다가 지하인들은 대학도 쉽게 간다. 지하인 특별전형 덕분이다. 지하인이라는 이유로 대학을 쉽게 간다는 것은 역차별이라고 생각한다.

기루비와의 생활은 그저 그랬다. 매일 아침 일찍 일어나는 기루비 때문에 예전만큼 잠을 오래 자지 못한다는 것이 마음에 안 들긴 했지만 말이다. 의사소통이 좀 불편하지만 딱히 말을 많이 하지도 않기 때문에 크게 신경 쓰지는 않았다. 나는 기루비를 신경 쓸 만큼 시간이 많지 않았다.

처음에 지하인 홈스테이를 결정하기까지는 걱정을 많이 했습니다. 제가 잘할 수 있을까 하는 고민도 있었습니다. 하지만 제가 고민을 할 때마다 부모님께서는 항상 옆에서 응원을 해주셨습니다. 저희 부모님은 저에게 많은 관심을 주시고 제가 무엇인

지하인이 산다

가를 할 때마다 잘할 수 있다며 지지를 해주셨습니다. 부모님 지지에 힘을 얻어 지하인 홈스테이를 신청했습니다. 예상대로 지상인들과는 많이 다른 부분들이 보였기에 다가가기 힘들었지만 함께 파티를 하며 마음을 열게 되었습니다. 저는 지하인과 함께 지내면서 배려심과 이해심을 기를 수 있게 되었습니다. 지하인 홈스테이는 저에게 있어서 많은 것을 깨닫게 해주고 체험할 수 있게 해준 아주 뜻깊은 시간이었습니다. 가장 기억에 남는 일은 ㄱ

"뭐해, 혁준? 심심함다. 놀고 싶슴다."

나는 노트북을 덮고 기루비를 쳐다봤다.

"나 바쁘다고 말했잖아. 휴대폰 갖고 놀아."

나는 다시 자소서를 쓰기 시작했다.

"나는 휴대폰 불편함다."

기루비는 주머니에서 휴대폰을 꺼내며 만지작거렸다. 아직은 지상의 물건이 서툴러 보였다. 힐끔 보니 기루비의 휴대폰은 최신형이었다. 나는 못 본 척 고개를 돌렸다.

한참을 자소서 앞에서 끙끙거리다가 문득 기루비가 생각났다. 너무 조용한 나머지 방에 기루비가 있다는 사실을 잇고 있었다. 나는 뒤를 돌아 기루비를 보았다. 기루비는 구석에서 조용히 발차기 비슷한 놀이를 하고 있는 것 같았다. 자세히 보면 공을 차는 시늉 같기도 했다. 나는 조용히 기루비의 모습을 지켜봤다.

"뭐하냐?"

"아, 그룹 연습한다."

"그룹?"

"달이 가장 얇은 날 우리 그룹 경기한다. 이번에 대회 나가서 나 연습해야 된다."

기루비는 한참 그 동작을 반복했다. 그룹 경기가 뭔지 자세히는 모르지만 어려워 보이지는 않았다. 기루비의 표정은 사뭇 진지했다. 나는 자소서 쓰기를 멈추고 침대에 누워 기루비를 쳐다봤다.

'저걸 동작이라고 하는 건가. 내가 더 잘하겠네.'

지하인들에게도 지상인들처럼 경기라는 것이 있구나 생각했다.

"야, 근데 그 그룹 경기인가 뭔가에는 왜 나가는 거야?"

"그 경기 우리 중요하다. 혁준."

우리라는 게 도대체 누구야. 나는 코웃음을 쳤다. 그 순간 나는 좋은 생각이 떠올랐다. 나도 기루비와 함께 지하인들이 하는 그룹 경기에 나가는 것이다. 그렇게만 한다면 생기부에 적을 것이 얼마나 더 많아지겠는가. 기루비가 하는 동작을 보니 별로 어려워 보이지 않고 금방 배울 수 있을 것 같다는 생각이 들었다.

"그거 나도 한번 해볼까?"

"좋습. 같이. 내가 알려줄 수 있습다."

나는 내심 기뻤지만 애써 관심 없는 척 생각해보겠다고 했다.

지하인이 산다

"나도 그 경기 나갈 수 있어?"

기루비의 표정이 밝아졌다. 기루비는 나에게 가까이 와서 말했다.

"이거 쉽슴다. 다 할 수 있을 것임다."

나는 다시 일어나 침대에 앉았다.

"어떻게 하는 건데?"

"이거 비슷함. 지상에서 축구랑. 공을 구멍에 넣어라. 많이 넣으면 이김다."

기루비의 설명은 알아들을 수 없었다. 난 축구랑 비슷하다는 소리를 듣고 이야기를 멈췄다. 축구라면 자신 있는 종목 중 하나이기 때문이다.

다음 날 우리는 축구공을 들고 운동장에 나갔다. 기루비는 그룹공이 축구공보다 조금 더 작고 타원형이라고 말했다. 기루비는 그룹 경기 규칙을 설명했다. 그룹 경기 규칙은 축구와 크게 다르지 않았다. 다섯 명이 한 팀이 되어 가장 많이 공을 넣는 팀이 이기는 운동이다. 특이한 점이 있다면, 골대가 아니라 땅에 파인 구멍에 공을 넣는다는 것이다.

운동장에 도착하니 조기축구회 아저씨들이 이미 자리를 차지하고 있었다. 기루비와 나는 축구장 구석에서 연습을 시작했다. 기루비가 먼저 시범을 보이겠다며 공을 가져갔다. 하지만 나는 할 수 있다며 기루비의 설명을 듣지 않았다. 대충 왼쪽 발로 공을 뒤로 차고 다시 오른쪽 발로 그 공을 가져오는 그런 동작이었다. 마음을 가다듬고 몇 번이고 했지만 쉽지 않았다. 역시 처음에는 아무리 유연해도 좀 어려운 것 같다. 기루비에게 물어봤으면 금방 알 수 있었을까? 나는 기루비의 동작을 눈여겨봤다. 기루비는 공의 중앙을 넓적한 발로 차고 반대쪽 발로 받아쳤다. 순식간에 움직이는 솜씨가 나쁘지 않았다. 바보 같다고 생각했던 기루비가 달라 보였다. 그룹 경기만큼은 나보다 기루비가 더 나은 것 같았다. 인정하기는 싫지만 말이다. 하지만 기루비가 잘하는 것은 당연한 거다. 왜냐하면 어릴 적부터 기루비는 이 경기에 빠진 적이 없다고 했다. 물론 그렇다고 해도 내가 기루비에게 지는 건 말이 안 된다.

"뭐야, 쉽잖아. 누구나 하겠네. 뭘 유세라고."

나는 괜히 기루비에게 짜증을 냈다. 영문도 모르고 기루비는 그저 나를 멀뚱멀뚱 쳐다보기만 했다. 나는 구석으로 가서 연습을 계속했다. 생각보다 쉽지 않았다. 한참 동안 연습을 하니 목이 말랐다. 나는 기루비에게 음료수를 사 온다고 하고 공을 넘겼다. 기루비는 내 말에 집중하지도 않고 공을 받자마자 축구장 가장 중앙으로 가서 공을 던지고 받으며 혼자 공놀이를 하기 시작했다.

"혁준, 이거 작아졌슴다."

음료수를 사고 오니 축구공은 바람이 다 빠져있었다. 나는 바람 넣는 구멍을 확인했다. 바람을 넣는 구멍이 열려있었고 막는 뚜껑은 보이지 않았다.

지하인이 산다

"야, 뚜껑은?"

"그게 뭔지 기루비는 모름다."

기루비가 축구공으로 장난을 치다가 뚜껑을 잃어버린 듯했다. 아무것도 모르고 나를 멀뚱멀뚱 쳐다보고 있는 기루비의 눈을 보았다. 미안함이라고는 눈곱만큼도 찾아볼 수 없는 표정이었다. 한 대 치고 싶은 마음이 굴뚝같았지만 참았다. 기루비는 이 축구공이 얼마나 소중한 것인지 모르고 한 일일 테니까.

나는 다시 집으로 올라가서 다른 축구공을 들고 나왔다. 하나 남은 공이었다. 기루비는 다시 눈이 초롱초롱해지며 좋아했다. 나는 어쩐지 기운이 빠지고 시시한 기분이 들어 스탠드에 앉아 휴대폰을 만지작거리고 있었다. 기루비는 일부러 공을 계속 내가 있는 쪽으로 보냈지만 나는 지겹고 하기 싫었기에 일부러 모른 척했다. 한 30분 정도가 지났을 때 갑자기 '쨍그랑' 소리가 났다. 나는 놀라서 벌떡 일어났다. 기루비가 공을 너무 세게 차는 바람에 축구장 앞 아파트 1층 창문이 깨지고 말았다.

"어떤 새끼야?"

깨진 창문 너머에서는 굵직한 남자의 고함 소리가 들렸고 지나가는 사람들 또한 놀란 토끼눈을 한 채 우리를 쳐다보고 있었다. 기루비 또한 눈이 키졌다. 지신이 던진 공에 유리창이 깨져서 놀란 건지, 아저씨 고함 소리에 놀란 건지는 알 수 없었다. 나는 서둘러 그 집으로 달려갔다.

"앞에 아파트가 있는 게 보이면 생각하면서 살살 찰 것이지, 생각 없이 차면 어떡해!"

"죄송합니다. 정말 죄송합니다."

나는 10분간 고개를 숙이고 기루비 대신 죄송하다는 말을 반복해서 했다. 아저씨는 우리 집 동호수를 물어보고는 집 전화번호를 물어봤다. 모든 확인이 끝나고 나서야 나는 고개를 들 수 있었다. 운동을 몇 시간 하고 온 마냥 몸이 뻐근해졌다. 목을 주무르며 다시 축구장으로 갔다.

"혁준, 축구공 없습니다. 주세요."

뻔뻔한 얼굴로 축구공을 달라는 기루비의 얼굴을 보니 화가 났다. 나는 주먹으로 기루비의 얼굴을 한 대 쳤다. 너무 심했나 하는 생각이 들었지만 만약 이 상황이 다시 온다고 해도 나는 기루비를 쳤을 것이다. 그 축구공은 내가 전에 축구부에 있을 때 감독님이 직접 이름을 새겨서 준 축구공이었다. 그리고 다른 사람도 아닌 지하인이 그랬다는 것이 싫었다. 세상에 단 하나뿐인 소중한 물건을 누군가가, 그것도 마음에 들지도 않는 사람이 망가뜨리면 참을 수가 없어진다. 나는 뒤를 돌아보지도 않고 집으로 들어갔다. 기루비는 아무 말도 하지 않은 채 나를 따라 들어왔다. 기루비의 오른쪽 볼은 어느새 빨갛게 부어올라있었다.

집에 들어가자 엄마는 연습을 잘하고 왔냐며 나에게 물어봤다. 하

지하인이 산다

지만 나는 아무 말도 하지 않고 방으로 들어가 문을 닫았다. 문을 닫으니 엄마의 목소리가 작게 들렸다.

"어머, 기루비! 얼굴이 왜 그러니?"

가만히 귀를 기울이고 들어보니 기루비는 그냥 넘어졌다고 하며 일을 넘겼다. 그렇게 착한 척하는 것도 일부러 엄마가 보고 있었기에 그런 것이라고 생각했다. 평소 같으면 내 방으로 들어와서 시끄럽게 떠들 기루비지만 지금은 내 방에는 들어오지 않고 밖에서 소리도 들리지 않았다. 나는 기루비에게 빼앗겼던 내 침대에 누워 책상 위의 바람이 다 빠지고 일그러져있는 축구공을 봤다. 방문을 조금 열어보니 기루비는 거실 소파 제일 끝에 오도카니 앉아 베란다 창문을 보고 있었다. 나는 다시 문을 닫았다. 저녁을 먹고 나서야 기루비는 내 방으로 들어왔다. 하지만 우리는 여전히 서로 말을 하지 않고 있었다. 나에게 사과를 할 때까지 나도 말을 걸지 않을 생각이었다. 나는 잘못이 없기 때문이다. 기루비는 자기 전까지도 사과를 하지 않았다. 아무 일도 없었다는 듯이 침대에 누워있는 기루비가 이기적으로 보였다. 역시나 지하인 홈스테이를 신청하는 것이 아니었다. 언제까지 가나 생각을 하다가 나도 누워서 잠을 청했다. 잠에 막 빠져드는 순간 갑자기 눈앞이 밝아지면서 방이 환해졌다. 나는 눈을 찌푸리고는 몸을 일으켰다. 기루비가 나를 내려다보고 있었다.

"지금 뭐 하냐?"

"할 이야기 있슴다."

"나중에 해."

"금방이면 됨다."

"당장 불 꺼."

나는 기루비가 말을 하려는 것도 무시하고 불을 끄라고 했다. 하지만 기루비는 계속 우물쭈물하며 근처를 서성거렸다.

"아무래도 너는 지상이랑 어울리지 않는 것 같다."

"무슨 말인지 모르겠슴다."

"지금 네가 하는 행동을 봐. 너같이 뻔뻔한 자식은 처음이야."

"혁준, 왜 화를 냄까?"

"너 지금 그걸 말이라고 하는 거야?"

"화가 난 이유를 모르겠슴다."

"네 꿈이 선생님이라고 했었나? 그렇게 말을 못 알아들어서 누굴 가르쳐?"

"노력하면 됨다."

"말도 안 되는 소리 하지 마. 말도 이상하게 하면서 네가 무슨 선생님이야. 선생님 하고 싶으면 말하는 연습부터 해."

"혁준 지금 힘들어 보임다. 많이."

기루비는 나의 어깨를 두드렸다. 순간 속에서 무언가 울컥 하고 올라왔다. 내가 어떤 감정을 가지고 있든 그 감정을 들키고 싶지는 않았다. 특히 기루비에게는. 나는 기루비를 밀치고 피식 웃으며 말

지하인이 산다

했다.

"지하인들은 너처럼 그렇게 다 말 못하냐? 그러면 대화는 어떻게 해? 특히 넌 올라온 지 5년이나 지났잖아. 그런데도 못해? 하긴 해도 안 될 테니까."

"왜 그럼까. 혁준."

"지하인이면 주제를 알고 지하인답게 행동을 하든가. 네가 노력한다고 뭐가 될 것 같아?"

당할 때는 몰랐다. 누군가를 무시하며 거칠게 대하는 것은 생각보다 어렵지 않았다. 죄책감도 들지 않았다. 오히려 하는 내내 속이 시원했다. 지금까지의 스트레스가 풀리는 기분이었다. 이렇게 가볍게 사람에게 상처를 줄 수 있구나. 계속되는 공격에 기루비는 불을 끄고 조용히 침대로 돌아갔다. 풀이 죽은 기루비의 모습을 보아도 기분이 풀리지 않았다.

우리는 각자의 침대에 누웠다. 나는 작고 불편한 간이침대. 기루비는 내 침대에. 간이침대보다 훨씬 높은 내 침대는 마치 기루비가 이겼다고 나를 내려다보는 것 같았다. 기분이 나빠서 몸을 돌려 누웠다. 기루비는 불을 켜지도, 소리를 내지도 않았다. 마치 방에서 숨바꼭질을 하고 있는 것처럼 조용했다. 적막했지만 이런 분위기가 싫지는 않았다.

다음 날 아침 일어나보니 기루비가 없었다. 아마도 거실에 있겠지. 뭐 하는지 궁금했지만 절대 티 내지 않았다. 나는 방에서 휴대폰을 했다. 하지만 시간이 지나도 기루비는 방으로 오지 않았다. 결국 일어나 거실로 나왔다. 거실에 있을 것이라 생각했지만 기루비는 거실에 없었다. 나는 화장실로 가봤지만 거기에도 기루비는 없었다. 집에 기루비가 없다. 나는 다시 방으로 돌아왔다. 머리가 복잡해지기 시작했다. 기루비가 집을 나간 것을 학교에서 알게 된다면 나는 끝이 날 것이다. 더 이상 경기는커녕 생기부도, 학교생활도 망치게 되겠지. 갑자기 기루비를 때린 일이 후회가 되기 시작했다. 나는 마음이 급해져서 자고 있는 엄마를 깨워 기루비가 집에 없다고 말을 했다. 하지만 엄마는 잠깐 어디를 나갔을 것이라며 대수롭지 않게 생각했다. 아마 동생이 그런 말을 했다면 당장이라도 일어나서 기루비를 찾으러 다녔을 것이다. 나는 안방에서 나와 다시 천천히 생각을 해보았다. 때린 것은 정당방위였다. 기루비가 나의 소중한 물건을 망가뜨렸고 나는 그에 대한 반응을 좀 격하게 한 것뿐. 굳이 따지자면 기루비가 더 잘못한 것이다. 나는 조금 기다려보기로 마음을 먹고 침대에 앉아있었다. 집을 나간 지 얼마 되지 않은 것 같은 이불의 모양새가 보였다. 기루비는 아마 우리 가족들이 다 자는 틈을 타서 밖으로 조용히 나간 것 같았다. 역시 지하인은 치밀하다. 처음부터 티가 나지 않게 하기 위해서 착한 척을 하고 나중에 배신을 때리려고 지금까지 지낸 것이다. 이미 다 계획을 해놓은 것이라 생각했다. 생각할수록 이해도 안 가고 답답하기만 했다. 기루비의

지하인이 산다

행방에 대해서 나는 계속 생각했다. 어딘가 잠시 간 것일 수도 있다. 하지만 시간이 지나도 초인종 소리는 들리지 않았고 나는 더 불안해지기 시작했다. 할 수 있는 일이라고는 아무것도 없다. 그때 학교에서 기루비의 번호를 알려준 것이 생각이 났다. 결국 나는 기루비에게 전화를 했지만 기루비는 전화를 받지 않았다. 들리는 말이라고는 전화가 연결되지 않는다며 메시지를 남겨달라는 여자의 목소리뿐. 나는 메시지를 남기기로 했다.

"기루비야, 나 혁준이야. 어디야? 지금 나 집에서 너 기다리고 있는데. 때린 건 미안해. 그 공을 본 순간 화가 났어. 다시 와서 우리 경기 연습하자."

평소에는 절대 할 수 없는 말이고, 절대 할 수 없는 행동이었지만 이렇게라도 해야 좀 편할 것 같았다. 그 메시지를 들으면 문자라도 남길 것이 분명했다. 점심시간이 지나도록 기루비에게서 연락은 오지 않았다. 전혀 예상치 못한 전개였다. 기루비는 나에게 사과를 하고 나도 괜찮다고 말하고, 우리는 다시 원래대로 돌아올 것이라고 생각했다. 그리고 우리는 다시 그룹 경기 연습을 하고, 나는 특기활동에 우리가 이겼다고 적고, 나는 그것으로 대학에 가고, 부모님은 나에게 그동안 신경을 써주지 못해서 미안하다고 말해야 했다. 그것이 내 계획이었다. 문자도 오지 않고 전화도 오지 않고 나만 불안해하는 느낌이 들었다. 결국 나는 다시 전화를 걸었다. 역시 이번에도 메시지를 남겨달라는 여자의 목소리가 들렸다.

"야, 미안해. 내가 잘못했다니까? 왜 그렇게 전화를 안 받아. 네가 그러면 내가 곤란해지잖아. 내가 잘못했어. 어? 그니까 다시 좀 와라."

이번에는 꼭 전화가 오기를 바라면서 진심으로 사과를 했다. 사과를 했는데도 나를 무시한다면 이건 진짜 큰일 나는 경우다. 내가 이렇게 불안해하고 안절부절못하고 있을 때 엄마는 눈 하나 깜빡하지 않고 조금만 기다리라며, 왜 이리 참을성이 없냐고 오히려 나에게 화를 냈다. 그리고는 한심하다는 눈빛을 보내고 다시 안방으로 들어갔다. 나는 방으로 들어와 찌그러진 축구공을 괜히 발로 찼다. 나는 혹시나 기루비에게서 연락이 올까 잠시도 휴대폰을 멀리 두지 않았고 연락이 오면 바로 받을 수 있게 소리모드로 변경해놓았다. 내가 살면서 이렇게 휴대폰을 자주 열고 닫고 하는 것은 처음 있는 일이었다. 기루비가 오지 않으면 나는 이대로 모든 것이 무너진다. 진짜 마지막이라고 생각을 하고 전화를 걸었다. 하지만 빌어먹을 여자가 또 사무적인 목소리로 지껄였다.

"야! 너 그렇게 나가면 난 어떻게 하라는 거야. 나랑 있기 싫으면 말이라도 해. 너 때문에 내 생기부에 지장이 가게 생겼잖아. 제발 전화 좀 해. 전화하기 싫으면 문자라도 하든가. 혹시라도 학교에는 전화하지 마라."

나는 전화를 끊고 휴대폰을 껐다. 기루비에게 전화나 문자가 오면 받지도, 답장하지도 않을 것이다. 나도 화가 났다는 것을 보여주기

지하인이 산다

위해서다. 오든지 말든지. 차라리 잘된 일이다 싶었다. 귀찮지도 않고, 불편하게 간이침대에서 잘 필요도 없고. 오랜만에 내 침대에 누웠다. 푹신푹신하고 훨씬 더 안정감 있었다. 기루비의 머리와 몸이 닿았던 이불과 베개를 치우기 위해 그것들을 집어 들었다. 그 순간 종이 하나가 툭 하고 떨어졌다. 그 종이에는 삐뚤삐뚤 글자가 적혀 있었다. 맞춤법도 다 틀리고 맞는 문장이라고는 하나도 없었다.

 '병원 가따 옴다. 할머니 입원을 햇슴다. 금방 갈 껌다. 그리고 그룹공도 가꼬 오겟슴다.'

 나는 털썩 침대에 누웠다. 그 순간 나의 몸은 푹신한 매트 속으로 빨려 들어갔다. 진공청소기가 저 아래에서부터 나를 빨아들이기라도 하는 것 같았다. 나는 떨어지면서 손발을 허우적거렸다. 공중에는 아무것도 잡을 것이 없었다. 발버둥을 칠수록 더 깊이, 더 빠르게 떨어져 내리는 느낌이었다. 밝은 빛이 점점 멀어져갔다. 저 위에서 누군가 내게 손을 뻗고 있었다. 잘 보이지는 않지만 기루비가 확실했다. 그 손이 나를 떠민 것인지, 끌어올려주려는 것인지, 나는 알수가 없었다.

님아, 그 강을 **;**

;

　밤 11시. 학원 창밖으로 익숙한 차가 보였다. 엄마가 나를 데리러 온 것이다. 밤길이 위험하다는 핑계를 대지만 사실 나를 감시하려는 목적이 분명하다. 덕분에 나는 다른 친구들처럼 학원을 마치고 편의점이나 분식집에서 야식을 먹는 일은 상상도 할 수 없었다. 나는 혼자서 학원을 나왔다. 엄마의 검은색 중형차가 오늘따라 어둠 속에서 빛나는 것 같았다. 뒷좌석에 올라타자마자 엄마는 내게 물었다.

　"학원 모의고사 점수 나왔니?"

　룸미러를 통해 나를 쳐다보는 엄마의 눈은 섬뜩하게 빛나고 있었다. 나는 대답 대신 주머니에서 휴대폰을 꺼냈다. 어떤 말을 해도 좋은 소리가 나오지 않을 것이 분명했다.

　"오늘 수학 수행평가는 잘 봤어? 수능도 수능이지만 내신도 신경

　　　　　　　　　　　지하인이 산다

써야지. 너 이제 고2잖아."

엄마는 고2가 가장 중요한 시기라며 잔소리를 했다. 하지만 엄마는 고1 때도 같은 말을 했다. 아마 내가 고3이 되어도 똑같은 말을 할 것이다. 나는 대답하지 않고 자꾸만 휴대폰을 만지작거렸다.

"말하고 싶지 않으면 마음대로 해. 어차피 내일 학부모 총회 가면 다 알 수 있으니까."

나는 눈을 감고 빨리 집에 도착하기만을 기도했다. 하루에 겨우 10분. 엄마와 이야기하는 시간이 왜 이렇게 괴로운지 알 수가 없었다. 즐거운 생각을 해야 해. 즐거운 생각을. 나는 자꾸만 속으로 중얼거렸다. 도무지 즐거운 일이 떠오르지 않는 가운데, 골똘히 생각을 하다 보니 하나쯤 건질 만한 것이 있었다.

"아참, 엄마. 우리 반 이번 주 토요일에 단합대회 해. 모여서 음식도 만들어 먹고 게임도 하고 노는 거야. 공포영화도 보기로 했어. 나 무서운 거 잘 못 보는데 벌써부터 걱정이야."

나는 반짝 눈을 뜨고 말했다. 생각할수록 더 신이 났다. 매일 공부만 하는 교실에서 논다는 건 어쩐지 재미있으니까. 엄마는 고개를 홱 돌려 나를 노려보며 말했다.

"단합대회? 그날 한자시험이잖아."

"단합대회 끝나고 가도 안 늦어."

나는 대답했다. 엄마는 혀를 쯧쯧 차고는 핸들을 확 꺾었다. 마음에 들지는 않지만 학교 행사라 크게 반대를 하지 못하는 것 같았다.

집에 가는 내내 엄마는 말이 없었다. 나는 창문에 머리를 기대고 콧노래를 흥얼거렸다. 오히려 조용한 쪽이 더 나은 것 같았다.

다음 날 학교에 가니 평소와는 사뭇 다른 느낌이 들었다. 곳곳에 환영한다는 글씨들이 붙어있었고 아이들은 청소를 하기 바빴다. 학교도 2시에 끝이 났다. 우리 반 아이들은 좋아했지만 나는 오히려 싫었다. 엄마가 일찍 끝나는 것을 알고 모의고사 특강을 잡아뒀기 때문이다. 차라리 학교에서 수업을 듣는 편이 백 배 낫다.

2시가 가까워질수록 운동장에는 차들이 점점 가득 찼다. 아마 그중에 엄마의 차도 있겠지. 수업을 마치고 나는 차들이 빽빽한 운동장을 가로질러 걸었다. 수많은 차들 사이에 서있으니 꼭 미로에 갇힌 느낌이었다. 가방이 유난히 무거웠다. 뻥 뚫려있던 운동장이 처음으로 답답하게 느껴졌다. 학교에서는 아이들이 끊임없이 나오고 있었고 시계탑 그림자가 나를 삼킬 듯이 늘어져있었다. 나는 운동장을 가로질러 뛰기 시작했다. 숨이 찼지만 멈출 수 없었다. 걸으면 제시간에 도착하지 못하니까. 내가 태어난 순간부터 모래시계는 뒤집혔다. 시간은 나를 기다려주지 않는다. 내가 시간에 맞춰 살아야 한다.

걸으면 20분 거리지만 뛰어서 그런지 7분 만에 나는 학원에 도착했다. 땀을 닦을 시간도 없이 바로 국어 시험지를 펼쳤다. 그다음에는 수학, 영어…. 시험이 끝난 후에는 바로 문제풀이 특강이 이어졌

지하인이 산다

다. 삼각김밥으로 배를 채우고 다시 학원. 엄마의 차는 언제나처럼 11시에 학원 앞에 서있었고, 나는 엄마의 차 안에서 곯아떨어졌다. 집에 도착한 것은 11시 20분이었다. 교복도 벗지 않은 채 침대에 털썩 누웠는데 지나가던 엄마가 말했다.

"너는 이번 주 토요일이 한자시험인데 잠이 오니? 가산점 0.1점 차이로도 붙고 떨어지는 게 수시야."

나는 책상에 앉아 한자 1급 문제집을 폈다. 눈이 따가웠다. 들여다볼수록 글자들이 어지럽게 머릿속을 굴러다니는 것 같았다. 나는 책상에 엎드려 잠시 눈을 감았다. 오늘이 목요일이니까 내일만 참으면 단합대회 날이다. 그 사실만이 나를 위로했다. 걱정 없이 친구들과 놀 수 있다는 사실. 물론 끝나고 시험을 보러 가야 하기는 하지만 반나절 자유의 대가라고 생각하면 나쁘지 않았다. 그때였다. 방문이 열렸다. 나는 후다닥 일어났지만 엄마는 한심하다는 듯 나를 내려다보며 말했다.

"너 이럴 줄 알았어. 틈만 나면 딴짓할 생각만 하지?"

"잠깐 쉰 거야. 이제 일어나려고 했어."

"잠깐 쉬긴 뭘 잠깐 쉬어. 아주 코 골고 잘 기세던데. 단합대회니 뭐니 정신이나 팔려서는. 그나저나 어쩌니. 단합대회 취소됐다는데."

"취소됐다고?"

나는 눈을 동그랗게 뜨고 말했다.

"뭘 그렇게 놀라? 한자 조금이라도 더 볼 수 있어 다행이라고 생각하지 못할망정. 총회 가서 내가 단합대회 하지 말자고 건의했어. 다른 엄마들도 찬성하더라. 공부하는 교실에서 요리하면서 노는 게 말이 되니? 위험한 건 둘째치고 고2가 놀 시간이 어디 있어.”

엄마는 대수롭지 않다는 듯이 말했다.

“그리고 너 수학 수행평가 하나 틀렸더라. 실수도 너 실력이라고 엄마가 매일 말하잖아. 정신 좀 차려.”

엄마는 방문을 닫고 나갔다. 나는 침대에 엎드려 누웠다. 휴대폰을 꺼내 들여다보니 우리 반 단톡방에는 이미 난리가 나 있었다. 그 소란의 중심에 우리 엄마가 있다는 게 짜증났다. 나는 그대로 누워서 잠이 들었다. 내일이라는 게 오지 않았으면 좋겠다고 생각했다.

아무것도 아닌 토요일이 왔다. 엄마는 시험장까지 따라와 나를 배웅했다.

“집중하는 거 잊지 마. 이번에 따놔야 너도 편하고 엄마도 안심하지.”

시험장에 들어가려 할 때 엄마가 내 팔을 붙잡고 말했다. 시험장 안에서는 많은 사람들이 긴장한 얼굴로 한자를 외우고 있었다. 나와 비슷한 또래 애들도 많았는데 아마 나처럼 대학 때문에 시험을 보는 것 같았다. 시험이 시작되었다. 초침 돌아가는 소리 외에는 아무 소리도 나지 않았다. 내 책상에 시험지가 올려졌다. 사람들의 시선은 모두 시험지로 향해있었다. 나는 샤프를 들었다. 샤프 끝이 유난히 날카로워 보였다. 얼핏 눈으로 살펴보니 문제들은 쉬웠다. 내가 모르는 단어는 보이지 않았다. 나는 시험지를 조용히 뒤집었다. 여태까지 나는 엄마를 내비게이션처럼 따르며 엄마의 길을 걸어왔다. 강가에 핀 꽃에는 눈길도 주지 않은 채. 그 길을 걸으면 안전하고 빠르게 목적지에 도착할 수 있다는 것을 나는 알고 있었다. 하지만 나는 더 이상 그 길을 걷고 싶지 않았다. 내가 앞장서 걷고 싶었다. 엄마가 위험하다고 한 저 강 너머에 무엇이 있는지 궁금했다. 시험이 끝나는 것을 알리는 종이 쳤다. 이제는 강을 건너야 할 때였다.

메달 ;

;

　우리는 모두 같은 출발선에 서있었다. 심판이 호루라기를 불자 나를 포함한 일곱 명의 아이들이 물속으로 뛰어 들어갔다. 사람들의 응원 소리가 물에 잠긴 듯 사라지고 내 몸이 물살을 가르는 소리만 들렸다. 나는 호흡을 조절하며 앞으로 나아갔다. 아이들이 하나둘 나를 앞질러 갔다. 호루라기 소리가 들렸다. 삐이익. 삐이익. 자꾸만 누군가 나에게 실격이라고 하는 것처럼. 나와 다른 아이들과의 간극은 점점 더 멀어졌다. 아무리 팔을 뻗고 발차기에 집중을 해도 따라잡기는커녕 앞으로 나아갈 수조차 없었다. 허공에서 허우적거리고 있는 것 같았다. 몸에 힘이 들어가고 호흡이 가빠졌다. 어느새 나는 어두운 물속으로 점점 가라앉고 있었다. 빛은 점점 멀어져갔다. 나는 저 깊은 곳에서 내 발목을 잡고 끌어내리는 희고 가는 손

　　　　　　　　　　　지하인이 산다

을 보았다.

　나는 숨을 몰아쉬며 잠에서 깼다. 시계를 보니 10시 30분이었다. 방 너머, 시끌벅적한 소리가 귀를 파고들었다. 친척들이 일찍 온 모양이었다. 나는 눈곱을 떼며 방문을 열었다.

　"지호 일어났구나? 이번에 예선 2등 했다면서? 역시 대단해. 고등학생이라 공부하기도 바쁠 텐데."

　외숙모의 큰 눈이 오늘따라 부담스러웠다. 친척들은 모두 기다렸다는 듯이 한마디씩 보탰다.

　"이 외삼촌이 수영에 또 소질이 있었잖아. 너는 날 닮은 게 분명해."

　"얼씨구, 그렇게 수영을 잘하는 양반이 술독에나 빠져 허우적거려? 그나저나 지호 이번에 2등 했으니까 본선에서는 1등 하는 거야?"

　나는 억지로 웃어 보이며 친척들 사이에 엉거주춤하게 서있었다. 엄마가 과일 접시를 들고 걸어오며 이렇게 말했다.

　"운이 좋아서 그랬지 뭐. 지호 요즘 기록이 예전 같지가 않아."

　엄마의 입꼬리는 슬쩍 올라가 있었다. 접시를 내려놓고 엄마는 내게 이렇게 물었다.

　"참 지호야, 오늘은 안 가니?"

　"가야지."

엄마의 표정은 더욱 환해졌다. 나는 언제나 엄마가 바라는 대답이 무엇인지 잘 알고 있었다.

추석인데도 수영장에는 사람들이 많았다. 그날따라 왕왕 울려대는 사람들의 목소리가 귀에 거슬렸다. 항상 입는 수영복은 유난히 몸을 조이는 것 같았고 물비린내가 코를 찔렀다. 머리가 지끈거렸다. 코치님은 머리가 복잡할 때는 몸을 움직이라고 했다. 준비운동을 끝내고 무작정 물속으로 들어갔다. 온몸의 열이 단번에 가라앉는 기분이었다. 손끝이 허옇게 퉁퉁 불어오를 무렵 물에서 나와 수영장 가장자리에 걸터앉았다. 유난히 아이들의 웃음소리가 크게 들렸다. 같은 공간에 있지만 멀리 떨어져있는 기분이었다. 나도 어렸을 때는 저렇게 웃으면서 수영을 한 적이 있었다. 제법 큰 상도 많이 받았다. 엄마는 내가 국가대표가 될 거라고 믿었다. 하지만 지금은 상위권 문턱에 겨우 걸쳐있는 정도다. 열심히 하는 것에 비해 결과는 항상 덜 나왔다. 점점 부담감이 커지고 내 몸은 무거워졌다. 목표를 잃어버리자 모든 길을 잃어버린 기분이었다. 처음으로 돌아가기에는 너무 멀리 온 것 같았다. 내가 수영을 정말 좋아하는지조차 이제는 알 수가 없었다.

삐이익. 귓속에서 소리가 들렸다. 나는 눈을 질끈 감았다. 수영장 물 때문일까, 최근 들어 이명이 들리기 시작했다. 이 소리로부터 자유로워지는 방법은 하나뿐이다. 나는 물속으로 첨벙 뛰어들었다. 물

지하인이 산다

이 온몸을 때리는 것 같았다. 수영장 바닥은 어둡고 깊었다. 나는 손을 앞으로 뻗어 나아가기 시작했다. 빠지면 다시는 나올 수 없을 것 같았다. 하지만 아무리 힘껏 발차기를 해도 내 다리는 조금씩 가라앉고 있었다. 누군가가 발목을 잡고 아래로 끌어내리는 것처럼. 나는 수영을 멈추고 뒤를 돌아봤다. 아무도 없었다. 기분 탓인가. 나는 다시 천천히 움직였다. 하지만 얼마 가지 않아 이번에는 온몸이 굳은 것처럼 움직이지 않았다. 머릿속이 하얘졌다. 손 쓸 도리도 없이 물속으로 빨려 들어가는 것 같았다. 수영하는 법을 모르는 사람처럼 나는 허우적거리며 콧속으로 입속으로 물을 삼켰다. 나는 무엇이든 잡으려고 손을 뻗었다. 옆에 있던 로프를 잡고 나는 물 밖으로 겨우 고개를 내밀 수 있었다.

정신을 차리고 둘러보니 수영장에는 나뿐이었다. 사람들의 웃고 떠드는 소리는 물론 이명조차도 들리지 않았다. 적막했다. 나는 레일 한가운데 혼자 서 있었다. 다시 돌아갈 수는 없었다. 한번 시작했으면 끝을 봐야 하는 게 수영이니까. 하지만 더 이상 몸을 움직일 힘이 남아있지 않았다. 나는 가만히 물속으로 가라앉았다. 아무런 소리도 들리지 않게. 아무도 나를 볼 수 없게. 어쩌면 내가 정말로 바라던 건 그저 이것이었는지도 모른다.

빨간 책 ;

2017 토지문학제 평사리 청소년문학상 은상 수상작

;

    반듯한 교복을 입고 자리에 앉았다. 끝까지 채워진 단추 때문에 누군가 목을 조르는 것 같았다. 내 옆의 친구도 내 앞에 앉은 친구도 교복을 입고 있다. 삼십 명 모두가 같은 옷을 입고 있다니 징그럽다. 이렇게 앉아있으니 뭐 하나라도 된 것 같은 기분이다. 우리 반은 아침마다 쪽지시험을 본다. 시험지를 풀기 위해 고개를 숙이자 아침에 먹고 온 토스트가 올라오는 것 같았다. 아이들이 샤프를 사각거리는 소리만 들려왔다. 누군가가 조용히 사과를 베어 먹는 것처럼. 창문 너머로 다른 반 아이들이 시끄럽게 떠드는 소리가 들리자 창가에 앉은 아이가 일어나 신경질적으로 창문을 닫았다. 사실 잘못된 것은 시끄럽게 떠드는 다른 반 아이들이 아니라 이쪽일지도 모른다. 일반 고등학교 2학년 아침 자습 시간에 이렇게까지 조용한 것이

지하인이 산다

더 이상한 일일 테니까.

나는 3분단 4번째 자리에 앉아있다. 아마도 이 자리는 특별한 경우가 아닌 이상 일 년 동안 계속 바뀌지 않을 것이다. 난 내 자리가 마음에 든다. 선생님들의 눈에 잘 띄지 않아 수업 시간에 잘 수 있고 친구들과 떠들기도 쉽다. 자리는 학기 초에 정해진 것이다. 선생님은 첫날 오자마자 우리를 한 번 쭉 보더니 말했다.

"앉고 싶은 대로 앉아. 섞어 앉는다고 서로 어울리게 되는 것도 아니고."

당연히 아이들은 좋아했다. 모르는 친구랑 앉아서 불편할 바에는 친한 친구들이랑 같이 앉는 게 훨씬 좋으니까. 선생님의 말이 끝나자 아이들은 일어나서 원하는 자리로 갔다. 내 친구들은 대부분 3분단 뒷자리나 4분단 앞자리에 앉아있다. 1, 2분단에는 없다. 거기에는 존재감이 없는 그런 애들이 앉아있다. 누가 그렇게 앉으라고 한 것도 아닌데 자연스럽게 정해졌다. 1분단 쪽 아이들은 쉬는 시간에도 자리에서 잘 일어나지 않는다. 그렇다고 공부를 잘하는 것도 아니다. 내 생각에는 딱히 가있을 곳이 없어 앉아있는 것 같다. 그렇게 앉아서는 마치 비밀 얘기를 하듯 조용조용 말을 한다. 3분단 뒷자리에 앉아있는 나는 절대 들을 수 없을 만한 목소리로 말이다. 반면에 4분단에는 우리 반에서 가장 눈에 띄는 아이들이 있다. 4분단 아이들은 교실 뒤쪽의 넓은 자리를 차지하고 있다. 사물함 위에 올라가서 웃는 아이들도, 교실 뒤쪽을 뛰어다니는 것도 다 그 애들이다. 4분단에서도 가장 눈에 띄는 아이는 바로 정유미다. 유미는 머리부터 발끝까지 흠잡을 곳을 찾기 힘들다. 쌍꺼풀이 진한 커다란 눈에 오목조목한 코, 시원한 입술. 얼굴도 작고 날씬해서 마치 마네킹을 보는 것 같다. 거기에 공부까지 잘하니 예쁨을 안 받을 리가 없다. 가끔은 교실에 유미와 선생님만 있는 것 같은 느낌이다.

우리 반 교탁은 아예 3, 4분단 쪽으로 기울어져있다. 선생님은 수업을 하러 교실에 들어오자마자 교탁 앞으로 간다. 그리고 수업을 바로 시작한다. 나머지 아이들은 교실에 없는 것처럼 말이다. 3, 4분단 아이들을 보고 수업하는 게 더 재미있을 거라는 생각은 들지만 그렇다고 선생님이 절반의 아이들을 무시하는 것은 아무래도 이상하다는 생각이 든다.

나는 딱 중간이다. 그래서 3분단 뒷자리에 앉아있는 것이다. 확실하게 말하자면 중간보다는 좀 더 위쪽에 속해있을지도 모른다. 선생님의 관심을 너무 안 받는 것도, 그렇다고 너무 받는 것도 아닌 자리. 나는 그게 좋다. 뭐든지 적당한 게 부담스럽지도 않고 편하다. 그래서 유미가 선생님의 사랑을 독차지하는 것도 부럽지 않다. 하긴 얼굴도 예쁘고 말도 잘하니까. 내가 선생님이라도 조용하고 얌전한 아이들보다는 활발하고 예쁜 아이들을 좋아할 것 같다. 1, 2분단 아이들이 불쌍할 때는 있지만 솔직하게 말하면 그 애들과 딱히 어울리고 싶지는 않았다.

"유미, 오늘 머리를 정말 깔끔하게 잘 묶었네."

선생님은 칠판 옆으로 가서 상점 스티커를 유미 이름 옆에 붙였다. 선생님은 학기 초에 아이들 이름이 쓰인 커다란 종이를 칠판 옆에 붙이며 상벌점제를 시행한다고 말했다. 선생님 말만 들었을 때는 잘하는 아이들에게는 상점 스티커를 주고, 못하는 아이들한테는 벌점을 주는 그런 것인 줄 알았다. 모든 아이들에게 동등한 기회가 주어질 거라고. 우리 반에서 처음으로 상점 스티커를 받은 아이는 유미였다. 교복이 잘 어울린다는 것이 이유였다. 세상에, 교복이 잘 어울린다고 상점 스티커를 주는 선생님은 처음이었다. 유미는 말은 하지 않았지만 기분이 좋아 보였다. 선생님은 점점 자기 멋대로 상점 스티커와 벌점을 주기 시작했다.

"책상이 너무 더럽네."

"실내화 좀 빨고 다녀라."

선생님은 이런저런 이유를 대면서 벌점을 주곤 했다. 유미를 쳐다볼 때와는 사뭇 다른 표정을 지으면서. 1, 2분단 아이들은 따지고 싶어도 따지지 못했다. 내 상점 스티커 칸에는 딱 세 개가 붙어있다. 나는 딱히 상벌점에 관심이 없어서 몇 개가 있든 신경을 쓰지는 않는다. 어차피 내가 아무리 노력해도 점수를 뒤집을 수는 없는 일이니까. 물론 없는 것보다는 낫다. 1, 2분단에 앉은 아이들은 아예 상점이 없다. 그것도 모자라서 심지어는 벌점이 수두룩하다. 처음에는 다들 이상하다고 이야기했지만 지금은 아무도 그런 말을 하지 않는

다. 어차피 싸우지도 못할 거 감정 낭비하지 않으려는 듯. 나는 가끔 1, 2분단에 앉은 아이들의 등을 물끄러미 바라보곤 했다. 아마 따지고 싶을지도 모르지. 어쩌면 자기들끼리 속닥거리는 대화 속에 유미 이야기가 나왔을지도 모른다. 유미도 안다. 자기가 예쁨받는다는 사실을. 남들 다 아는데 본인만 모른다는 것도 웃긴 일이긴 할 것이다.

"자, 앉아있는 자리에서 그냥 뒤돌아."

선생님은 늘 앉은 자리 그대로 하는 것을 좋아했다. 조가 정해진 순간부터 의욕이 사라진다. 어차피 노력해봤자 유미네 조만 돋보일 테니까. 하필 그날은 다섯 명씩 조를 만들어야 했다. 유미네 조만 빼고 모두 조를 정했다. 다섯 명끼리 앉으라고 했지만 유미네 조는 네 명뿐이었다.

"나도 여기 조 해도 될까?"

우리 반에서 존재감이 없는 유경이가 말을 했다. 같은 반인 친구한테 말하는데 뭐가 그렇게 주눅이 드는지 어깨는 축 처져있고 목소리는 땅으로 꺼질 것만 같았다. 모든 아이들의 시선이 유경이에게 갔다.

"유경이 맞지? 내가 사람 이름을 잘 까먹어서, 미안해. 그런데 우리는 네 명으로도 충분히 잘할 수 있을 것 같은데."

유미는 유경이의 어깨에 손을 올리고 친절하게 말했다. 이상하게도 유미가 유경이를 비웃고 있다는 느낌을 받았다. 유미는 채경이가 있는 조를 가리키며 이렇게 말했다.

　　　　　　　　　　　지하인이 산다

"저 조는 어때? 내 생각에는 유경이 너는 저기 가면 좋을 것 같아. 저 애들이랑 친하잖아. 그렇지?"

선생님은 그 모습을 보면서도 가만히 있었다. 아이들도 그저 불구경하듯 쳐다보고 있었다. 나 역시 마찬가지였다. 유미의 한마디 한마디에는 힘이 있었다. 남을 짓누르는 힘. 부러웠다. 저렇게 아무렇지도 않게 할 말을 다 하는 모습이 멋있어 보였다. 어쩌면 이런 생각을 하고 있는 나 역시도 이미 유미에게 주눅이 든 것이겠지. 유경이는 고개를 숙이고 유미가 말한 조로 갔다. 유미는 아무 일도 없었다는 듯 자신의 원래 자리로 돌아갔다. 4분단 맨 끝자리로. 그 모습을 채경이가 무섭게 노려보고 있었다.

채경이는 1분단에 앉아있다. 채경이는 나랑 초등학교 때부터 친하게 지냈던 친구다. 이 사실을 아는 친구들은 별로 없다. 육식공룡과 초식공룡이 친하게 지내는 것은 보기 드문 경우니까. 그래서 말을 안 했다. 궁금해하는 아이들도 없을 것이고. 일부러 말을 안 한 것은 아니었다. 나는 체육 시간마다 채경이를 본다. 나도 모르게 눈길이 간다. 아마 우리 반에서 운동신경이 가장 좋은 사람은 채경이일 것이다. 채경이는 초등학생 때부터 운동을 좋아했다. 지금은 진로를 체육 쪽으로 정한 것 같았다. 채경이는 반에서는 항상 조용히 지낸다. 그러다가 체육 시간만 되면 새가 하늘을 날듯 훨훨 날아다닌다. 그런 채경이 모습을 볼 때마다 살짝 미안한 마음이 들기도 한다. 고등학교에 들어오면서 채경이와 나는 멀어졌다. 나는 외향적인 성격이라서 친구들을 많이 사귀었다. 하지만 내가 친구들을 사귀는 동안 채경이는 친구들을 사귀지 못했다. 좀 내향적인 편이라서 그런 것이다. 그렇다고 해서 먼저 다가가지는 않는다. 지금 반에는 채경이보다 더 많은 친구들이 있으니까. 그런 내 마음을 읽기라도 한 듯 채경이도 나에게 다가오지 않는다. 가끔 엄마가 채경이에 대해서 물어보면 대충 얼버무리면서 넘어가곤 했다. 우리가 다시 친해질 일이 있을까? 나는 한동안 멍하니 채경이를 보고 있었다. 옛날 생각만 하면 늘 멍해진다.

체육 시간은 내가 제일 싫어하는 시간이다. 체육복을 갈아입고 체육관까지 가야 한다는 것이 제일 귀찮다. 특히 요즘에는 배드민턴을 하고 있는데 50분 동안 배드민턴을 하면 온몸에 땀이 난다. 그런 찝찝한 기분은 말로 설명하기 어렵다. 나는 아프다고 거짓말을 하고 강당 구석에 앉았다. 팀 대항이어서 다른 친구들한테는 조금 미안했다. 하지만 그 미안함을 땀과 맞바꾸기는 싫었다. 나는 마치 내가 체육선생님이라도 된 것처럼 아이들이 배드민턴 치는 모습을 가만히 지켜보았다. 교실에서의 분위기와는 조금 달랐다. 어쩌면 1, 2분단에 앉은 친구들에게는 가장 마음이 편한 시간일 것이다. 체육 시간에는 상점도, 벌점도 없었다.

아이들을 구경하는 것도 금세 지루해졌다. 시계를 보니 체육 시간이 끝나려면 한참이나 남아있었다. 한숨을 푹 내쉬며 눈을 감았다. 책이라도 가져와서 읽을걸. 그때 누군가가 나를 툭툭 쳤다. 나는 고

지하인이 산다

개를 들고 눈을 떴다.

"저기."

채경이였다. 가까이서 듣는 채경이의 말투와 목소리는 여전히 따뜻했다. 같은 반이 된 이후로 처음 말을 하는 것 같았다.

"왜?"

나는 체육관 조명에 눈살을 찌푸리며 채경이를 쳐다봤다. 채경이는 나한테 할 말이 있는지 계속해서 뜸을 들였다.

"말해봐. 뭔데?"

내가 제일 싫어하는 게 뜸 들이는 거다. 채경이는 계속해서 내 눈치를 봤다. 누가 보면 내가 채경이를 협박하는 것 같은 느낌이 들 정도였다.

"그…. 하영아. 체육 시간 끝나고 잠깐 얘기 좀 하자."

작은 목소리로 말을 했다. 겨우 그 말 하려고 그렇게 뜸을 들인 건가. 나는 대충 고개를 끄덕이고 다시 눈을 감았다. 나중에 눈을 떴을 때 채경이는 멀리서 배드민턴을 치고 있었다. 체육 시간이 끝나는 종이 울리고 나는 평소보다 일찍 교실로 가 교복으로 갈아입었다. 그리고는 채경이에게 갔다. 채경이는 나를 잡고 복도로 나갔다.

"무슨 일인데? 급한 거야?"

나는 답답해서 물었다.

"담임선생님을 쫓아내려고 해."

채경이 목소리는 단호했다. 채경이의 눈동자는 흔들림이 없었고 절대 자신이 한 말을 바꾸지 않을 것처럼 보였다. 하지만 그건 말도 안 되는 소리였다.

"뭐? 누구를 쫓아?"

나는 헛웃음을 지으며 다시 한번 되물었다.

"솔직히 담임선생님이 지금 하는 행동들 하나하나 다 따지면 부당해. 아무리 특정 학생이 마음에 든다고 해서 대놓고 차별하는 것은 옳은 행동이 아니지. 안 그래?"

채경이는 내 눈을 보고 또박또박 말했다. 마치 말하기 대회에 나가기 위해서 나한테 검사를 받는 느낌이었다. 채경이가 한 말을 다 들으니 약간 고민이 되었다. 약간 솔깃하기는 했지만 솔직히 채경이가 한 말은 가능성이 전혀 없는 말이다.

"어떻게?"

나는 살짝 눈을 치켜세우며 채경이를 봤다. 나는 채경이 이야기를 다 들어본 후 결정을 할 생각이었다.

"물론 너는 내 기분을 잘 모르니까 이해할 거라고 생각은 하지 않아. 아무튼 나는 담임선생님이 잘못한 것들을 다 적어놨어. 그리고 유미랑 담임선생님 대화도 녹음했고. 하지만 증인이 조금 더 필요해. 네가 도와줬으면 좋겠어."

나는 일단 채경이가 한 말을 듣고 교실에 들어와 자리에 앉았다. 교실 왼쪽의 세계는 조용하고 오른쪽의 세계는 시끄러웠다. 초식동물과 육식동물이 한 교실에 동시에 있는 것 같았다. 만약 채경이가

지하인이 산다

한 말대로 선생님을 내쫓을 수도 있을 것이다. 하지만 그런다고 무엇이 바뀔까? 상벌점제가 없어진다고 이런 풍경이 바뀔 리가 없는데. 괜히 휩쓸려서 미움만 받는 건 아닌가. 이모저모 생각을 했다. 채경이와 이야기한 이후로 괜히 유미를 보면 마음이 불편했다. 채경이는 계속 내 대답을 기다리는 것 같았다. 계속 입을 다물고 있을까 하는 생각이 들었다.

교무실 문을 열자 에어컨 바람이 서늘했다. 몸을 부르르 떨며 국어선생님에게 갔다. 점심시간이 끝나면 국어부장인 나는 교무실에 가야 했다. 국어선생님 노트북을 교실에 갖다놓는 것, 그것이 내가 할 일이다. 담임선생님은 교무실 끝에 있는 테이블에 앉아 어떤 여자와 커피를 마시고 있었다. 학부모 상담 중인가. 나는 못 본 척하며 국어선생님 자리에 갔다. 국어선생님은 나에게 노트북을 건네주며 자습하고 있으라고 했다. 나는 고개를 꾸벅 숙이고 노트북을 들었다. 교무실을 나가기 위해 문을 여는 순간이었다. 담임선생님은 이제 교무실 안쪽에 있는 상담실에 있었다. 자리는 왜 옮긴 거지. 주위를 둘러보니 교무실에는 선생님들이 별로 없었다. 나는 누군가를 기다리는 척 상담실 앞을 서성거렸다. 그리고 아무도 내게 관심을 주지 않는 틈을 타 상담실 창문에 쳐진 블라인드 사이로 그 안을 살짝 들여다보았다. 그때였다. 내 귀에 똑똑하게 들린 문장.

"네, 어머니. 걱정 마세요. 유미는 제가 책임지겠습니다."

그러자 유미 엄마는 선생님께 무언가를 건넸다. 책이었다.

"책 내용이 너무 좋아서. 드리려고 가져왔어요. 선생님도 안의 내용을 잘 살펴보세요."

선생님은 활짝 웃으며 책을 받아들었다. 마치 빌린 책을 돌려받기라도 한 것처럼. 무슨 책이길래 저럴까. 나는 벽에 기대 곰곰이 생각했다. 그런데 갑자기 벌컥 소리가 나면서 상담실 문이 열렸다. 나는 저절로 고개를 숙이며 인사를 했다.

"어, 하영아. 무슨 일이니?"

선생님은 놀란 표정으로 나를 쳐다봤다. 한 손에는 빨간 책을 들고 있었다. 나는 책을 한 번 보고 선생님을 한 번 봤다. 선생님뿐 아니라 유미 엄마도 당황한 것 같아 보였다.

"국어선생님 심부름하느라…. 안녕히 계세요."

나는 황급히 인사를 하고 교무실을 빠져나왔다. 보지 말아야 할 것을 보고야 말았다. 책 사이에는 하얀 봉투가 끼워져있었다. 책 사이로 보이는 봉투. 안 보이는 곳에서 아양 떠는 아이들이 있을 거라고는 생각한 적이 있다. 하지만 그게 유미 어머니일 줄은 몰랐다.

나는 아무 일도 없었다는 듯 빠르게 교무실을 나왔다. 교무실에서 나오자마자 생각나는 사람은 채경이었다. 유미 어머니가 봉투를 내민 것에 대해서 말을 하면 끝나는 일이었다. 학교에서 나를 칭찬해줄지도 모른다. 하지만 만약 중간에 실수라도 한다면 상벌점이고 뭐고 다 내려앉게 된다. 어쩌면 학년이 끝날 때까지 내내 선생님에게 괴롭힘을 당하게 될지도 모른다. 마치 엄마 아빠 중에서 한 명만 고르라는 질문만큼 어려웠다. 반에 들어가 평소처럼 교탁에 노트북을 놓고 자리로 돌아와 앉았다. 4분단 맨 뒤에서 친구들과 떠들며 웃는 유미가 보였다. 유미도 알까? 모르니까 저렇게 밝게 지내겠지. 나는 책상에 엎드렸다. 아무것도 보고 싶지 않았다. 같이하자는 눈빛을 계속해서 보내는 채경이도 보기 싫었다. 나에게는 딱 두 가지 길이 있었다. 첫 번째, 채경이와 함께 선생님을 내쫓고 유미에 대해서 말하는 것. 두 번째, 그냥 지금처럼 3분단 뒷자리에서 변함없이 그대로 앉아있는 것. 내가 채경이와 손을 잡는다면 결과를 예측할 수 없어진다. 물론 3, 4분단에 앉아있는 애들 모두를 배신하게 되는 것은 당연한 일이다. 어쩌면 내가 유미 자리에 앉을 수 있을지도 모른다. 정말 가능한 일이 될 수도 있다. 학교에 오면 4분단 맨 뒷자리에 앉는 것이 일상이 될 수도 있다는 거다. 그냥 아무것도 하지 않고 가만히 있는다면 변하는 것은 없을 것이다. 자리도 안 바꾸고 지금처럼 채경이와 대화를 하지 않고 3, 4분단에 있는 친구들이랑 어울리겠지. 안전하고 평온한 일상. 어떤 선택을 하느냐에 따라 앞으로의 내가 달라진다. 신중해야 할 시간이다.

  내가 뜸을 들이는 동안 유미의 상점 칸에는 더 많은 상점 스티커들이 붙여졌다. 유미가 상점 스티커를 받은 만큼 1, 2분단에 앉은 친구들은 벌점이 쌓여만 갔다. 선생님의 차별은 날이 갈수록 심해졌다.

어느 날 청소 시간이었다.

"자, 분단별로 나눠서 청소할 거다. 일단 4분단 나와서 청소 구역 골라."

4분단 아이들은 당연히 제일 편한 청소 자리를 얻었다. 창틀에 있는 먼지 닦기. 물티슈로 한번 문지르면 바로 끝날 것처럼 창틀은 깨끗했다. 3분단에 앉은 나 또한 4분단만큼은 아니어도 나름 쉬운 곳을 청소했다. 대걸레와 쓸기, 의자 내리기 등 그런 허드렛일은 모두 1, 2분단 애들이 맡았다. 역시 아무 말도 하지 않고 묵묵히 맡은 구역 청소를 하기 시작했다. 채경이는 몸을 푹 숙여 교실 바닥을 쓸기 시작했다. 3, 4분단 아이들은 1, 2분단 아이들이 청소를 할 때 신나게 떠든다. 자신들의 할 일은 다 끝났다 이거다. 청소를 다 끝내고 의자를 내리는 것까지 1, 2분단 아이들이 해줬다. 나는 자리에 앉아 책상 서랍에서 교과서를 꺼냈다. 교과서와 함께 종이 한 장이 딸려 나왔다. 나는 유인물이라고 생각하고 자연스럽게 다시 넣으려고 했다. 상벌점이라는 단어가 보이자마자 나는 종이를 자세히 들여다보았다. 그 종이에는 '담임선생님 상벌점'이라는 글씨가 크게 적혀있었다. 선생님 이름 옆에는 상점이 하나도 없었다. 벌점만 수두룩했다. 나는 얼른 주위를 둘러보았다. 누군가 오해를 하면 큰일이었다. 나는 그런 종이를 만든 적이 없다. 채경이가 넣은 것이 분명했다. 나를 곤란하게 만드는 것일까. 나는 종이를 구겨 쓰레기통에 넣었다.

지하인이 산다

수업 종이 치고 선생님이 들어왔다. 하필 담임선생님 시간이다. 들어오자마자 유미 이름 옆에 상점 스티커가 또 붙여졌다. 이제는 자연스러운 전개다. 오히려 유미 칭찬을 하지 않으면 더 이상할 것 같다는 생각도 든다. 유미도 이제는 당연하다고 생각할 것이다.

"하영아, 수업 끝나고 잠깐 선생님 좀 보자."

선생님은 나를 보며 말했다. 나는 그냥 고개만 끄덕끄덕했다. 유미처럼 선생님을 보고 방긋방긋 웃는 건 생각보다 어려운 일이었다. 나는 수업 시간에 집중을 하지 못했다. 선생님이 나를 따로 부르는 이유가 너무 궁금했다. 유미도 아니고 나를 따로 보자고 한 이유면 좀 심각한 이야기일 것 같았다. 설마 그때 나를 본 건가.

수업이 끝나는 종이 울리자 선생님은 칼같이 수업을 끝냈다. 평소 같았으면 좋아했을 텐데. 나는 선생님과 교무실로 갔다. 선생님은 교무실 안에 있는 조그만 방으로 나를 데려갔다. 자리에 앉고 선생님도 내 앞에 앉았다.

"하영이랑 이렇게 둘이서 대화하는 건 오랜만인 것 같다?"

선생님은 음료수를 내밀며 말했다. 나는 그냥 어색한 듯 웃었다.

"선생님이 너를 부른 이유는… 지난주에 나랑 유미 어머니랑 있는 거 봤니?"

선생님 목소리는 차분했다. 전혀 흔들림이 없이.

"아, 네."

나는 아무렇지도 않다는 듯이 대답했다.

"그렇구나. 그럼 하영이가 봤겠네?"

"뭐를요?"

"괜찮아. 들었을 수도 있지. 나는 몰랐는데 유미 어머니한테서 연락 왔어. 네가 본 것 같다고 그러시더라."

선생님은 내 손을 툭툭 건드리며 말했다. 기분이 좋지는 않았다.

"말하지 말라는 거죠?"

나는 조금이라도 빨리 이 답답하고 건조한 공간에서 나가고 싶었다.

"역시 하영이는 잘 알아듣네. 그래서 좋아."

선생님은 나를 보며 활짝 웃어줬다. 유미를 볼 때마다 짓는 표정이다. 가식적이었다.

"하영이 너도 가고 싶은 대학 있으면 살짝 알려줘. 선생님이 끝까지 도와줄게."

선생님의 목소리에서는 힘이 느껴졌다.

"네. 감사합니다."

나는 그냥 인사를 대충 하고 교무실에서 나왔다. 내가 봤다는 것을 선생님이 알아버렸다. 이제는 뭐 선생님을 쫓아낼 거라는 둥 하얀 봉투 이야기를 한다는 둥 다 소용이 없어졌다. 하루하루가 지나갈 때마다 내 이름 옆의 상점은 점점 많아지고 있었다. 유미만큼은 아니지만 계속 이렇게 상점이 늘어간다면 유미를 따라잡을 수도 있을 것 같다는 생각이 들었다. 내 친구들은 점점 늘어가는 상점 스티

지하인이 산다

커를 보고 부러워했다. 담임선생님이 나한테 약점 잡힌 게 있으니까 모면하기 위한 거겠지. 점점 많아지는 상점 스티커들을 보니까 괜히 흐뭇해지는 기분이었다. 유미도 이런 기분이었을까? 점점 욕심이 생기는 것 같다. 한번 채워지니까 끝까지 채우고 싶다는 생각도 들었다. 유미도 티는 안 내지만 그렇게 생각하고 있을 수도 있다. 표를 살펴보니 채경이 이름도 보였다. 채경이 상점 칸을 보니 텅텅 비어있었다. 대신 벌점은 수두룩했다. 벌점이 많다고 해서 꼭 잘못한 것이 많은 건 아니다. 상벌점제는 우리 담임선생님 마음대로 기준을 정한 거니까. 하지만 아무리 그래도 벌점이 많은 것은 여전히 신경이 쓰인다. 그렇게 벌점이 많은 채경이가 나한테 제안을 하다니. 그것도 상점이 가득한 나한테. 같이하자고 물어본 사람도 나뿐인 것 같았다. 생각하면 할수록 채경이의 제안을 받아들일 수가 없었다. 물론 담임선생님과의 약속도 있고, 실현 가능성이 보이지 않기 때문이다. 그렇다고 해서 채경이에게 안 하겠다고 말하지는 않았다. 그냥 채경이가 나한테 먼저 오면 그때 말하기로 마음먹었다. 나쁜 놈일지도 모르지만 내가 생각하기에 그게 더 나은 것 같다. 가끔 채경이와 눈이 마주치면 당연히 나는 바로 피했다. 찔려서 그러는 것은 절대 아니다. 그냥 어색하니까.

점심시간이 오고 친구들은 모두 점심을 먹으러 갔을 때 나는 혼자 반에 있었다. 속도 안 좋고 맛도 없을 것 같아서 굶기로 했다. 책상에 엎드려있으니 조용한 가운데 내 숨소리만 들렸다. 슬슬 잠이 오려는 찰나 문이 드르륵 열리며 누가 들어왔다. 실눈을 떠 확인하니 채경이었다. 순간 잠에서 번뜩 깼다. 점점 발자국 소리가 가까이 들리는 것을 보니 채경이가 내 앞으로 걸어오는 것 같았다.

"하영아, 자?"

채경이는 내가 깼다는 것을 알면서도 다시 한번 물었다. 아까 고개만 안 들었어도 계속 자는 척하는 건데. 나는 고개를 슬며시 들었다.

"안 자. 방금 깼어."

나는 애써 웃으며 말했다.

"저기, 아직도 고민 중인 거야?"

채경이 목소리에는 힘이 들어가 있었다.

"나 안 하려고. 딱히 그래야 할 이유를 모르겠어."

할 말은 많았다. 하지만 그걸로 끝이었다. 그냥 알겠다고 하고 채경이는 뒤돌아서 갔다. 채경이 표정을 잊을 수가 없을 것 같았다.

어쩔 수 없다. 미안한 마음이 들기도 했지만 다시 붙잡기는 싫었다. 그냥 이대로 끝인 거다. 어차피 또 나와 채경이는 아무렇지도 않게 지낼 것이다. 점점 채워지는 저 상점 스티커들. 앞으로 더 채워지겠지. 나는 계속 채워지고 채경이도 채워질 것이다. 물론 나는 상점. 채경이는 벌점.

그리고 이제 내 자리는 조금씩 움직일 것이다. 뒤쪽으로, 점점 더 뒤쪽으로.

지하인이 산다

열쇠 ;

;

현관문이 열리자마자 보이는 것은 닫힌 방문들이었다. 나는 방으로 들어와 문을 닫았다. 집에 와도 나에게 관심을 갖는 사람은 아무도 없었다. 각자 방에서 할 일을 하고 있겠지. 그렇다고 해서 가족들의 관심을 받고 싶은 것은 아니다. 닫힌 방문을 보는 것도 이제 일상이 되었다. 오히려 방문이 열려있는 것이 더 어색할 정도다. 하지만 우리 가족이 잘못되었다고 생각하지는 않는다. 아마 수많은 다른 가족들도 이렇게 지낼 것이다.

우리 집에는 방이 세 개가 있다. 부모님 방, 동생 방, 그리고 내 방. 아빠는 매일 회사에서 오면 안방으로 들어가 텔레비전을 본다. 엄마도 아빠와 별다를 것이 없었다. 동생은 유학을 갔다. 유학을 간 이후로 동생 방의 문이 열린 적은 단 한번도 없었다. 부모님의 관심

지하인이 산다

은 온통 유학을 간 동생에게만 있었다. 나는 학교가 끝나고 집에 오면 바로 내 방으로 들어간다. 방에 들어간다고 딱히 할 일이 있는 것은 아니다. 그냥 방으로 들어가는 것이 자연스러운 일이다. 그렇게 우리는 각자의 방에서 각자의 할 일을 한다.

물론 하루 중 우리가 모이는 시간이 아예 없는 것은 아니다. 멀리서 밥을 먹으라고 소리치는 엄마의 목소리가 들리면 나는 마치 거북이라도 된 듯 느릿느릿 식탁 앞으로 가서 앉았다. 아빠는 식탁에 앉자마자 휴대폰으로 스포츠 영상을 틀었다. 조용하던 식탁은 금세 시끄러워졌다.

"가족끼리 있는데 그만 좀 봐."

엄마는 아빠를 노려보면서 말했다. 나는 가만히 아빠의 표정을 봤다. 역시나 기분이 좋아 보이지는 않았다. 하긴 가족끼리 있어봤자 할 말도 없는데. 한숨만 쉬는 엄마. 아무렇지도 않게 휴대폰을 보는 아빠. 그걸 가만히 보고 있는 나. 살얼음판을 걷는 것 같은 기분이었다. 엄마의 말 이후로는 아무런 대화가 오가지 않았다. 그저 자기 앞에 놓인 밥을 먹기 바빴다. 딱히 배가 고파서 우리가 먹는 것 같지도 않았다. 그냥 형식적인 식사 자리랄까. 나는 시선을 식탁으로 두고 숟가락을 움직이는 것에만 집중했다. 그저 이 자리에서 빨리 벗어나고 싶었다.

"요즘 공부는 할 만하니?"

밥을 다 먹고 일어나려는 찰나였다. 아빠는 나를 보며 말했다. 안경 사이로 찌푸려진 미간이 보였다. 또 시작이다. 매일 나를 보면 공부 이야기를 한다. 단 한 번을 그냥 넘어간 적이 없다. 말이 또 길어질 것이 분명하다.

"네. 그냥요."

나는 대충 말하고 자리에서 일어났다. 아빠도 언제 그랬냐는 듯이 스포츠 영상을 다시 봤다.

나는 방으로 들어와 문을 닫았다. 방으로 들어가자마자 모든 것이 제자리로 돌아온 것 같은 느낌이 들었다. 침대에 누워 천장을 봤다. 어릴 때 부모님과 붙였던 형광 스티커가 눈에 들어왔다. 별 모양 형광 스티커는 제일 높은 곳에서 매일 어두운 방을 환하게 비춰주고 있었다. 몇 년이 지나도 형광 스티커는 그저 제자리에서 가만히 자기 할 일을 다하고 있었다. 나는 이불을 머리끝까지 덮었다. 밖에서 문이 닫히고 엄마, 아빠의 목소리가 들려왔다. 아까 식탁에 있을 때와는 사뭇 다른 목소리였다. 내가 알고 있는 부모님의 모습과는 거리가 멀었다. 동생이랑 통화를 하고 있는 것이다. 매일 저녁때 동생에게서 전화가 온다. 엄마, 아빠도 하루 종일 동생이 전화하기만을 기다리고 있는 것 같았다.

갑자기 눈물이 났다. 방문은 오랫동안 닫혀있었고 이제 우리는 서로의 방문 안쪽을 더 이상 들여다보지 않았다. 나는 방문 밖으로 나가는 일이 갈수록 불편해졌다. 마치 방 안에 갇힌 기분이 들었다.

지하인이 산다

어쩌면 우리는 이런 식으로 서로를 가두어온 것이었을까. 엄마의 무뚝뚝한 식탁도, 아빠의 잔소리도 내 무거운 방문을 두드리는 작은 노크였을지 모른다는 생각이 들었다.

 그날 밤, 나는 문을 열고 방에서 나와 불이 꺼진 어두운 거실을 가만히 둘러보았다. 그리고 닫혀있는 방문 하나하나에 귀를 대어보았다. 울음소리 같은 것이 들리는 것 같았다. 어둠 속에서 환하게 빛나는 것들을 나는 얼마든지 알고 있었다. 굳게 닫힌 문을 열기 위해서는 열쇠가 필요하다. 방문 앞으로 갔다. 나는 노크를 했다. 열쇠는 내 손에 이미 쥐어져 있다는 사실을, 나는 알고 있었다.

오솔길 ;

;

나는 일요일이 제일 싫다. 일요일에는 아빠가 일을 나가지 않기 때문이다. 아빠는 택시를 운전한다. 매일 새벽 5시에 나가서 새벽 2시쯤 들어온다. 그래서 평일에는 아빠와 마주칠 일이 별로 없다. 아빠는 새벽에 집에 들어와 내 방문을 열어보곤 한다. 방문이 열리는 순간 나는 이불을 머리끝까지 덮는다. 괜히 아빠와 눈을 마주치면 말을 걸 것이 분명하니까. 나는 아빠에게서 풍기는 파스 냄새가 싫다.

내가 중학생이 되기 전까지만 해도 우리는 남들이 부러워하는 사이였다. 아빠와 딸이 저렇게 가깝게 지내는 것은 드물다고 이웃들이 얘기할 정도였으니까. 하지만 나는 아빠와 점점 멀어졌고 고등학생

지하인이 산다

이 되고 나서는 대화도 잘 하지 않았다. 어디서부터 우리가 틀어진 걸까? 어쩌면 아빠가 택시기사가 된 이후부터였는지도 모른다. 우리가 함께하는 시간은 점점 줄어들었고 나는 혼자 밥을 차려 먹는 일이 익숙해져갔다. 아빠가 나와 멀어지기 위해 일부러 차를 몰고 멀리 나가는 것처럼 느껴지기도 했다. 아빠는 나에 대해 아는 것이 하나도 없었다. 집이 어질러져있으면 혼을 냈고 성적이 떨어지면 한숨을 쉴 뿐이었다. 아빠는 정말이지 아무것도 몰랐다. 내가 학교에서 친구와 싸웠다는 것도, 선생님과 상담을 했다는 것도, 새 옷이 필요하다는 것도, 교복에 구멍이 났다는 것도, 방에 틀어박혀 혼자 우는 날이 많다는 것도. 그리고 일요일이면 만날 사람도 없으면서 일부러 아빠를 피해 밖으로 나가곤 한다는 사실도.

 하지만 학교 계단에서 넘어져 발목에 금이 간 이후로는 그마저도 할 수 없게 되었다. 화창한 일요일에 하루 종일 나가지도 못하고 아빠와 함께 집에 있어야 한다는 것은 충분히 숨이 막히는 일이었다. 자꾸만 휴대폰을 들여다보아도 시간은 잘 가지 않았다. 평소에는 관심도 없던 컴퓨터 게임도 해봤지만 달라지는 것은 없었다. 다리에 마치 족쇄라도 달려있는 것 같은 기분이었다. 아빠가 자꾸만 방문 앞을 서성거리고 있는 것이 신경 쓰였다. 어쩌면 아빠도 나와 같은 마음인지 몰랐다.
 나는 방문 밖으로 아빠의 모습을 힐끗 보았다. 일요일에 아빠가 무엇을 하는지 보는 것은 처음이었다. 아빠는 등을 구부정하게 하고 텔레비전 앞에 앉아있었다. 하지만 무언가를 재미있게 보고 있는 것 같지는 않았다. 리모컨을 들고 연신 채널을 돌리기만 했으니까. 갑자기 아빠가 누런 티셔츠를 벗었다. 그리고는 서랍에서 파스를 꺼내 자신의 등에 붙이려 끙끙대고 있었다. 손이 잘 닿지 않는 자리였다. 나는 책상에 기대 세워놓은 목발을 물끄러미 봤다. 나와 아빠는 타이밍이 늘 어긋난다.

"딸, 드라이브 갈까?"

어느새 옷을 말끔하게 챙겨 입은 아빠가 문을 열고 들어왔다. 나는 손을 뻗었고 아빠는 내게 목발을 건네주었다.

나는 현관 앞에서 아빠의 택시를 기다렸다. 저 멀리서부터 낡은 택시 한 대가 다가와 내 앞에 멈춰 섰다. 아빠의 택시를 타본 적은 어릴 때 이후로 처음이었다. 나는 아빠 옆에 앉아 안전벨트를 맸다.

"어디로 모실까요?"

아빠는 장난기 가득한 목소리로 물었다. 풉, 웃음이 났다.

우리는 한적한 둑길을 따라 오래 달렸다. 열린 차창 틈으로 시원한 바람이 들어왔다. 머리카락이 바람에 자꾸만 흩날려 얼굴이 간지러웠다. 아빠와 나는 언제나처럼 아무 말이 없었고 길가에는 코스모스가 춤을 추듯이 바람에 흔들리고 있었다. 하늘은 자꾸만 주황빛으로 천천히 물들어갔다. 울퉁불퉁한 길을 따라 차가 덜컹거릴

때 나는 무언가 달랑거리는 것을 보았다. 꽂혀있는 자동차 키에 달린 열쇠고리였다. 열쇠고리의 아크릴로 된 조잡한 액자 안에는 내 사진이 들어있었다. 나는 그제야 아빠의 택시를 천천히 둘러보았다. 누군가 손톱으로 긁었는지 차창의 틴팅이 벗겨져있었고, 아빠의 운전대는 가죽이 닳아 색깔이 하얗게 변해 있었다. 그 운전대를 잡고 있는 아빠의 손도 그처럼 세월에 빛이 바랜 것처럼 보였다. 아무 말도 하지 않았지만 많은 이야기를 들은 것만 같았다.

한참 달리자 길의 끝이 보였다.

"이제 더 못 가겠네. 더 멀리 데려가주고 싶었는데."

아빠는 차를 세우고 머쓱하게 웃으며 말했다. 나는 주름진 아빠의 얼굴을 오래 지켜보았다.

"왜 못 가. 걸어서 가면 되지."

나는 숲으로 이어진 작은 오솔길을 손가락으로 가리키며 말했다. 아빠는 눈을 동그랗게 뜨고 내 눈과 다리를 번갈아 쳐다보았다.

"아빠가 있으니까 괜찮아."

나는 아빠를 향해 활짝 웃으며 말했다.

아빠와 나는 오솔길 앞에 차를 세우고 걷기 시작했다. 내가 목발을 짚고 좁고 삐뚤빼뚤한 오솔길을 따라 천천히 걸어가는 동안 아빠는 따뜻한 눈으로 나를 지켜보며 기다려주었다.

"이 길은 어디로 이어질까?"

나는 아빠에게 물었다. 아빠는 아무 대답이 없었다. 하지만 우리
는 이미 그 답을 알고 있는 것 같았다.

지하인이 산다

촛불 ;

청하백일장 입선작

;

남자는 헬멧 안쪽에서 흐르는 땀을 손등으로 닦으며 말했다.

"늦어서 죄송합니다. 골목이 너무 복잡하네요."

웃으며 말했지만 남자의 말투에서 짜증이 느껴졌다. 나는 짜장면 비닐을 벗기며 이 집에서는 짜장면 하나 시켜 먹기도 눈치 보인다고 생각했다. 엄마와 나는 불어터진 짜장면을 나무젓가락으로 휘휘 저으며 소스와 섞었다. 우리는 아무 말도 하지 않고 짜장면 먹는 데에만 집중했다. 단무지가 다 떨어졌을 무렵 엄마는 말을 걸었다.

"짜장면 맛있네. 새로 이사 온 집 괜찮지 않니? 지대가 높아서 그런지 공기도 좋고, 집도 아담하니 사람 살맛나고."

왜 돌려 말하나 싶었다. 어차피 다 알아듣는데. 내가 눈치가 없다고 생각하는 건지 정말 모른다고 믿는 건지 가끔 헷갈릴 정도다.

지하인이 산다

이사하는 날이면 우리는 늘 짜장면을 먹었다. 담벼락에 낙서가 많은 집도 있었고 지하철 소리가 크게 들리는 집도 있었다. 또 대문에서 삐걱거리는 소리가 나는 집도, 간판 불빛이 밤늦게까지 창문 밖으로 번쩍거리는 집도 있었다.

우리가 머무른 집들마다 저마다의 이야기가 있었다. 이사를 한 날 전기가 들어오지 않아 촛불을 켜고 밤을 보낸 것이 유난히 기억난다. 우리는 촛불을 가운데 놓고 앉아있었다. 한참 동안 이야기를 나눈 후 우리는 말이 없어졌다. 우리는 함께 촛불이 일렁이며 흔들리는 것을 보았다. 서로 말은 하지 않았지만 어쩐지 마음이 따뜻해졌다.

다 먹은 짜장면 그릇을 밖에 내놓고 나니 시간은 6시였다. 다시 힘을 내서 짐을 옮기기 시작했다. 얼마 지나지도 않았는데 엄마는 허리가 아프다며 쉬었다 하자고 했다. 엄마가 아빠처럼 허리가 안 좋아지는 것은 아닐까 걱정이 되었다. 아빠는 3년 전 일을 하다가 허리를 다쳤고 허리 디스크까지 걸렸다. 지금은 많이 좋아졌다고 하지만 그래도 안심해서는 안 된다. 택배 상하차 일은 만만하지 않으니까. 항상 허리를 구부리고 무거운 상자를 옮기는 아빠의 모습을 상상하면 마치 세상에 고개를 푹 숙인 느낌이 들어 싫었다. 나는 다른 일을 하라고 했지만 아빠는 힘들지 않다고 했다. 선의의 거짓말이라고 할 수도 있지만 나에게는 절대 선의가 아니다. 내 눈에는 아빠가 그저 고집을 부리는 사춘기 소년 같다.

잠깐 쉰다고 하더니 엄마는 아예 드러누워 잠을 자기 시작했다. 아침부터 정신없이 움직이며 많이 피곤했던 것 같다. 생전 코를 골지 않는 엄마가 코를 고는 모습을 보니 약간 웃음이 났다. 나는 엄마에게 담요를 덮어주고 남은 짐들을 차곡차곡 정리하기 시작했다. 집안일을 안 하다 보니 어떤 물건이 어느 위치에 있는지 알 수가 없었다. 나는 화장실과 내 방을 정리했다. 정리를 마칠 때까지 엄마는 일어나지 않았다. 시계를 보니 시간이 훌쩍 지나 있었다. 나는 피로를 느끼며 엄마를 흔들어 깨웠다.

"아이고, 지금이 몇 시지?"

"9시 조금 넘었어."

"좀 깨워주지. 하."

엄마는 몸을 일으키며 한숨을 쉬었다. 엄마가 누워있던 자리는 파도가 밀려온 것처럼 보였다.

엄마는 일어나자마자 부엌을 정리했다. 접시, 컵, 조리기구들 하나하나를 조심스럽게 꺼내 제자리에 놓았다. 결국 부엌을 정리하고 그 날 일은 끝이었다. 짐이 많은 탓에 며칠간 집이 좁을 것 같았다. 나는 널브러진 박스들을 피해 방으로 들어갔다. 낯선 공간, 낯선 공기. 모든 것이 어색했다. 이 집에 적응하려면 한 달은 더 걸릴 것 같았다. 새로운 것에 적응하는 것은 귀찮기만 한 일이다. 침대도 이 방에 적응을 못한 듯 비뚤어져 있었다. 제대로 놓으려다가 귀찮아 그냥 드러누웠다.

지하인이 산다

눈을 감고 휴식을 취하려는데 현관문 소리가 들렸다. 나는 방문을 열고 나갔다. 아빠였다. 아마도 새집을 찾아오기까지 많이 헤맨 것 같다. 아빠는 오자마자 새집을 둘러보지도 않고 소파에 드러누웠다. 먼지가 잔뜩 묻은 작업복. 푸석푸석한 얼굴. 공사장에서 일하다 온 사람이라고 해도 믿을 것 같았다. 나는 한편으로 괘씸하다는 생각이 들었다. 이삿짐 나르는 것을 돕지 않은 아빠, 새집을 궁금해하지도 않는 아빠, 오자마자 인사도 없이 드러누운 아빠. 아빠는 어느덧 코를 골고 있었다. 나는 다가가 양말을 벗겼다. 탱탱 부은 아빠의 발. 오늘도 하루 종일 서있었던 걸까.

'허리도 안 좋으면서…'

신발장에 있는 아빠의 운동화는 낡고 지저분했다. 늘 아침 일찍 나가 늦게 들어오는 아빠는 자신을 돌아볼 여유도 없었던 것이다. 어깨에 가족이라는 무거운 짐을 얹고, 수십 수백 개의 상자를 나르며.

나는 바람을 쐬러 밖으로 나갔다. 옥상에 올라가니 바람이 시원하게 불어왔다. 이사하며 흘린 땀이 단번에 식는 느낌이었다. 나는 난간에 기대어 아래를 내려다보았다. 수많은 건물들이 상자들처럼 보였다. 노랗게 빛나는 창문들을 보니 집집마다 촛불이 하나씩 켜있는 것 같았다. 나는 가만히 눈을 감고 생각했다. 닫힌 상자처럼 답답한 우리의 일상도 언젠가는 제자리를 찾아가게 될 거라고.